D1734355

Herbert Bräuning
Eine herbe Enttäuschung

Herbert Bräuning

Eine herbe Enttäuschung

Kommissar Kaweh ermittelt

Roman

edition q

Die Deutsche Bibliothek – CIP-Einheitsaufnahme

Bräuning, Herbert:
Eine herbe Enttäuschung : Kommissar Kaweh ermittelt ; Roman /
Herbert Bräuning. – Berlin : Ed. q, 1993
ISBN 3-86124-160-9

Copyright © 1993 by edition q Verlags-GmbH, Berlin

Dieses Werk ist urheberrechtlich geschützt. Jede Verwertung
außerhalb der engen Grenzen des Urheberrechtsgesetzes ist ohne
Zustimmung des Verlages unzulässig und strafbar.
Das gilt insbesondere für Vervielfältigungen, Übersetzungen,
Mikroverfilmungen und die Einspeicherung und Verarbeitung
in elektronischen Systemen.

Umschlaggestaltung: Atelier Höpfner-Thoma, München
Umschlagfoto: Hubertus Mall, Stuttgart
Gesamtherstellung: Ebner Ulm
Printed in Germany

ISBN 3-86124-160-9

I.

Es reimt sich nicht zusammen, nein, es ergibt einfach keinen Sinn. Kriminalhauptkommissar Wiese knetete mit der Linken Schläfen und Brauen, dann wieder trommelte er mit zwei Fingern der Rechten auf der Schreibtischplatte. Seit bald zehn Stunden gab es einen Fall Regine Stallmach, und noch immer war völlig unklar, ob es sich bei ihrem gewaltsamen Tod um einen Unfall, um Selbstmord oder gar um Mord handelte.

Ein grauer Novembermorgen. Den ganzen Tag würde er bei künstlichem Licht arbeiten müssen, sofern sich nicht Gelegenheit bot, dem Büro zu entfliehen und, was er weit lieber tat, vor Ort zu ermitteln. Bisher allerdings sprach vieles, nicht zuletzt die trübe Novemberstimmung, für den Freitod dieser Regine Stallmach, 31, geborene Rathgeber.

Konrad Wiese, von Freunden und alten Kollegen kurz „Kaweh" genannt, vertiefte sich erneut in die Protokolle über die Vorgänge der letzten Nacht, registrierte: Am gestrigen Mittwoch, gegen 23.25 Uhr, kehrte der Medizinstudent Rudi Brinkmann, 24, aus dem Altstadtlokal „Schumann-Klause", wo er sich an drei, vier Abenden in der Woche als Alleinunterhalter am Klavier betätigt, in das Haus Brehmstraße 13 zurück. Er ging jedoch nicht in den 2. Stock, wo er bei einer Frau Kleinert in Untermiete wohnt, sondern fuhr mit dem Lift in den siebten, den obersten Stock, um Regine Stallmach, mit der er, wie er angibt, seit einigen Wochen befreundet war, in ihrem Penthouse zu besuchen. Obwohl er noch kurz vor elf mit ihr telefoniert hatte, öffnete sie nicht auf sein Läuten, auch nicht auf heftiges Klopfen und Rufen. Ziemlich ratlos (so Brinkmanns Ausdruck) fuhr er wieder hinunter ins Erdgeschoß, um nachzusehen, ob in der Wohnung Licht brannte. Aber er konnte nichts Genaues erkennen, weder von der Straße noch vom Hinterhof aus. Er wollte schon gehen, da fiel sein Blick auf etwas Unförmiges neben den Mülltonnen. Es

5

war seine Freundin. Sie lag auf den Steinfliesen und rührte sich nicht mehr. Ein Ehepaar Pfannenstiel, das in diesem Augenblick von einem Verwandtenbesuch heimkehrte, bestätigt, daß ihnen im Hausflur Herr Brinkmann entgegengetaumelt sei, völlig verstört, ja geradezu außer sich, und daß er immerzu gestammelt habe: „Sie ist tot, Regine ist tot! Aber warum? Warum hat sie das getan?" Und so fort. Die Pfannenstiels nahmen sich des jungen Mannes an und gingen mit ihm zum Hausmeister, der im Parterre wohnt. Er alarmierte sogleich die Polizei – zu Fuß, denn nur wenige Häuser weiter, in der Brehmstraße 5, befindet sich die Dienststelle des Schutzbereichs III Nordost.

Knapp zehn Minuten nach den Beamten trafen auch Kripo und Polizeiarzt ein. Die Leiche war noch warm. Die Armbanduhr der Toten war um 23.09 Uhr stehengeblieben. Der Hausmeister hatte einen Schlüssel zu Regine Stallmachs Wohnung. Die Tür war zu, aber nicht abgeschlossen. Wieses Kollege Schwan (ausgerechnet dieser Langweiler) führte die ersten Ermittlungen durch. Sie ergaben wenig Brauchbares. Im Wohnzimmer auf dem Couchtisch ein Glas mit einem Rest Rotwein, daneben eine Flasche, halbleer, der Aschenbecher unbenutzt, die Tür zur Dachterrasse weit geöffnet. Die Spurensicherung erbrachte außer zahlreichen Fingerabdrücken nichts Auffälliges: Weder auf dem Teppich noch sonstwo am Boden oder an der Terrassenbrüstung ließen sich Schleifspuren oder etwas anderes ausmachen, was auf ein Fremdverschulden gedeutet hätte.

Nach übereinstimmenden Aussagen des Hausmeisters Josef Terjung und des Studenten Brinkmann war Regine Stallmach erst seit sechs, sieben Wochen geschieden, seit Anfang Oktober. Ihr Ex-Ehemann, Direktor Werner Stallmach, war Juniorchef der bekannten Stallmach-Werke, führend in moderner Vergasertechnik. Ein Anruf in seiner Villa in Meerbusch zwanzig Minuten nach Mitternacht löste nur den automatischen Anrufbeantworter aus mit der Erklärung: Bin geschäftlich unterwegs und erst übermorgen, Donnerstag, ab neun erreichbar. Falls Sie eine wichtige Nachricht haben, sprechen Sie! Kollege Schwan hinterließ, Herr Stallmach möge sich umgehend bei der Kripo am Jürgensplatz melden. Immerhin sorgte er noch dafür, daß die Villa ab sofort beobachtet wurde.

Vor einer halben Stunde dann endlich die Meldung: Direktor Stallmach mit seinem Wagen eingetroffen, angeblich direkt vom Flughafen, wo er gegen halb neun mit der Maschine aus Hamburg, 25 Minuten verspätet, gelandet sein will. Und nun wartete Wiese auf diesen Mann, der sich sofort bereit erklärt hatte, mit den Beamten aufs Präsidium zu kommen. Eigentlich noch viel zu früh: Vor elf, so die Kollegen von der Gerichtsmedizin, war mit einem brauchbaren Obduktionsbefund kaum zu rechnen. Ohne den aber tappte er im dunkeln, mußte er von einem Unfall, allenfalls vom Selbstmord der jungen Frau ausgehen, auch wenn die äußeren Umstände so eindeutig nicht waren: Kein Abschiedsbrief oder irgendein Hinweis auf eine ausweglose Situation, im Gegenteil, nur gute zwanzig Minuten vor der vermuteten Tatzeit (23.09 Uhr) hatte Frau Stallmach, sofern die Aussage des Studenten stimmte, zärtliche Worte ins Telefon geflüstert und sich auf die Nacht mit ihrem sieben Jahre jüngeren Geliebten gefreut. Ja, wenn Brinkmann die Wahrheit sagte.

Konrad Wiese stand auf und trat ans Fenster. Über dem nächsten, dreistöckigen Quergebäude des Präsidiums der Fernsehturm, den sie einfallslos Rheinturm getauft hatten. Warum nicht Düsselturm, das wäre noch halbwegs originell. Die schmutziggraue Betonsäule verlor sich weiter oben im wolkenverhangenen Himmel. Kein Anblick, der ihn fröhlicher stimmte. Sowenig wie die Aussicht, in Kürze diesen Werner Stallmach kennenzulernen. Vor einigen Jahren noch ein stadtbekannter Playboy, wenn er sich recht erinnerte. Später dann hatte er in irgendeinem Boulevardblatt eine Klatschgeschichte gelesen: Eine Affäre mit einer Sängerin oder Schauspielerin, die ziemlichen Wirbel ausgelöst und am Ende vielleicht sogar zur Scheidung geführt hatte,

7

aber das wußte er nicht mehr genau, denn das mit dem Zeitungsartikel war gut und gerne ein halbes Jahr her.

Der Kommissar trat vom Fenster zurück, öffnete die Tür zum Vorzimmer und bat seine Sekretärin, Frau Löffelholz, ihm, falls vorhanden, Archivmaterial über die Stallmachwerke und ihren Juniorchef zu besorgen. Im selben Augenblick erschien dieser, begleitet von einem Streifenpolizisten, in der Tür zum Flur.

„Sie wissen, was mit Ihrer geschiedenen Frau passiert ist?" fragte Wiese, nachdem der Besucher in seinem Zimmer Platz genommen hatte.

„Ja, Ihre Beamten haben mich informiert. Entsetzlich, ich kann es noch immer nicht glauben. Darf ich?" Wiese nickte, lehnte aber die angebotene Zigarette ab, während Stallmach sich eine ansteckte. „Hat sie irgend etwas hinterlassen, einen Abschiedsbrief oder so?"

„Nein, nichts. Wir wissen nicht mal, ob es Selbstmord war."

„Ihre Beamten meinten . . ."

„Vermutungen, noch wissen wir gar nichts. Es kann ein Unfall gewesen sein, Sie verstehen, wenn man sich zu weit vorbeugt und das Gleichgewicht verliert, oder auch . . ." Wiese machte eine kleine Pause, ohne sein Gegenüber aus den Augen zu lassen, „wir haben es mit einem Verbrechen zu tun, mit Mord."

Typ des Erfolgsmenschen, im Beruf und bei Frauen. Gar nicht mal so groß, wie Wiese beim Eintreten bemerkt hatte, aber sehr sportlich, geradezu drahtig, wahrscheinlich Tennisspieler, Skifahrer und Surfer dazu. Im Sportdreß fühlte er sich vermutlich wohler als in dem modischen dunkelgrauen Zweireiher mit dezent gemusterter Krawatte zum zartrosa Hemd mit schmalem, weißem Kragen, obgleich er auch so keinen schlechten Eindruck machte: Durchaus seriös, mit einem kaum wahrnehmbaren Hauch von Schlawinertum. Doch das lag vielleicht nur daran, daß er etwas übernächtigt aussah.

„Mord? Sie schließen Mord nicht aus?" Stallmach blickte

ihn verständnislos an. „Aber wer? Ich meine, wer könnte sowas tun? Sie hatte keine Feinde, jedenfalls zu meiner Zeit. Haben Sie bereits einen Verdacht?"

„Ich sagte schon, wir müssen vorläufig mit allen drei Möglichkeiten rechnen, also auch mit einem Verbrechen. Das heißt, wir gehen sämtlichen Spuren und Hinweisen nach, und wir befragen jede Person, die mit der Toten in Verbindung stand."

„Was möchten Sie wissen?" Stallmach war schon wieder Herr der Situation. Sehr nahe schien ihm die Sache nicht zu gehen.

„Wann haben Sie Ihre geschiedene Frau zum letztenmal gesehen?"

„Am 3. Oktober, beim Scheidungstermin. Da lebten wir allerdings schon eine ganze Weile getrennt, schon seit dem Frühjahr."

„Warum?"

„Warum die Scheidung?" Ein leichtes Zögern. Gleich wird er fragen, was das mit Regines Tod zu tun hat. Aber nein, Stallmach nahm keinen Anstoß: „Ja, warum? Unsere Ehe war ja nicht eigentlich unglücklich. Wissen Sie, meine Frau war Schauspielerin, als ich sie kennenlernte. Das war vor bald sechs Jahren in Hamburg. Sie spielte in so einem hypermodernen Stück, wo man nur die Hälfte kapiert, aber sie war entzückend. Sie werden es nicht glauben, ihretwegen habe ich mir den Quark dreimal angesehen. Ich war damals ein ziemlich wilder Jäger, wenn Sie wissen, was ich meine, und überall verschrien als eingefleischter Junggeselle. Plötzlich taucht diese Regine auf, sehr hübsch, sehr begabt, dazu zehn Jahre jünger als ich, und eh ich mich versehe, sind wir ein Paar. Dicke Schlagzeilen: Düsseldorfer Playboy heiratet Hamburgs größtes Nachwuchstalent und dergleichen, war 'ne echte Sensation."

Ganz schön eitel, der Kerl. Erzählt das, als wär's erst gestern passiert. „Eine Sensation war ja dann auch Ihre Scheidung – oder?"

„Die Scheidung weniger, eher schon, als wir uns trennten. Aber was wollen Sie machen, man lebt sich irgendwie auseinander, und vielleicht bin ich wirklich kein Mann zum Heiraten, da war die Scheidung die sauberste Lösung."

„Zumal es ja wohl auch einen Scheidungsgrund gab, wenn ich nicht irre, eine Freundin Ihrer Frau, eine prominente Sängerin oder Schauspielerin?"

Ein Moment der Verblüffung, schon hatte sich der Ex-Playboy wieder gefaßt: „Sie wissen? Natürlich, die Zeitungen waren ja voll davon. Sie haben recht, eine Freundin von Regine. Beide kannten sich von der Schauspielschule. Eva-Maria Leicht, eine tolle Schauspielerin und eine aufregende Frau. Sie kennen sie doch?"

„Nur vom Fernsehen."

„Oh, sie spielt auch Theater, hier in Düsseldorf, eine hübsche Komödie, die übliche Dreiecksgeschichte, aber hinreißend inszeniert."

„Sie haben ein Verhältnis mit ihr?"

„Schön wär's, nur – da ist leider nichts, nicht soviel!" Stallmach unterstrich seine Worte mit einer entsprechenden Geste. „Auch wenn Sie mir's nicht abnehmen und lieber den Zeitungsklatsch glauben: Ich habe noch nie mit ihr geschlafen! Ich gebe zu, ich hätte es gern getan, sie hat mich unheimlich fasziniert, ja geradezu behext, und mit jedem Kuß wurde ich verrückter nach ihr. Aber mit ihr schlafen? Nichts zu machen, da hat sie sich geziert wie Lehmann im Sarg: Niemals mit einem verheirateten Mann! Ich dachte: Verdammt altmodisch, doch irgendwie hat mir's imponiert, und natürlich hat sie mich damit erst recht gereizt. Schließlich habe ich mich von Regine getrennt und die Scheidung eingereicht. Am 3. Oktober sah ich mich schon am Ziel meiner Wünsche, da kam der Hammer. Ich seh mich noch vor ihr stehen mit einem Riesenstrauß roter Rosen, vierunddreißig, für jedes Jahr eine. Doch als ich meinen Heiratsantrag vorbringe, was tut da meine angebetete Eva-Maria? Sie lacht mich aus, erklärt, April, April, es sei ihr in all den Monaten nie wirklich ernst gewesen, sie habe mit mir nur geflirtet, um mich und Regine auseinanderzubringen. Verstehen Sie so was? Ich war völlig verdattert, was bei mir etwas heißen will, und zog ab wie ein begossener Pudel."

„Hat sie nicht gesagt, warum? Welchen Grund hatte sie, Ihre Ehe kaputtzumachen?" Die unvermutete Wendung, die Stallmachs Geschichte genommen hatte, machte den Kommissar neugierig. Vor allem diese Eva-Maria Leicht begann, ihn ernstlich zu interessieren.

„Wenn ich das wüßte. Ich war so perplex, daß ich überhaupt keine Fragen mehr gestellt habe. Die sind mir erst später gekommen. Aber was soll's, die Geschichte ist für mich vorbei."

„Für uns leider nicht, und darum muß ich weiter fragen: Könnte es sein, daß es zwischen den beiden Frauen eine Beziehung, ich meine, ein mehr als freundschaftliches Verhältnis gegeben hat?"

„Fragen Sie mich was Leichteres. In der Richtung kenne ich mich nicht aus."

„Immerhin, Sie halten ein lesbisches Verhältnis nicht für ausgeschlossen?" Es klang unpersönlich, wertneutral, der gleiche Tonfall, in dem Kriminalhauptkommissar Wiese vor Gericht seine Aussagen zu machen pflegte. Dabei ließ ihn der neue Aspekt keineswegs so unbeteiligt, wie sein Gegenüber glauben mochte. Wiese dachte an seine Tochter, schon bald fünfundzwanzig und immer noch sein großes Sorgenkind, zumal seit vor einem halben Jahr ihr Freund, ein Jurist, sie gleich nach dem zweiten Staatsexamen verlassen hatte. Karin war daraufhin von der Kölner Uni an die Freie Universität nach Berlin gegangen, hatte ihr gewohntes Zuhause in Oberkassel gegen eine Wohngemeinschaft getauscht, schrieb viel und nicht immer überzeugend von neuen, wichtigen Erfahrungen, und vor ein paar Wochen hatte sie ihn mit der Mitteilung überrascht, daß sie mit einer einige Jahre älteren Frau sehr glücklich zusammenlebe. Auch ohne von lesbischer Liebe zu sprechen, ließ sie den Vater über den Charakter dieses Zusammenlebens nicht im Zweifel.

„Ich weiß nur so viel", erwiderte Stallmach mit einem Lächeln, das Wiese als unangebracht empfand, „daß man auf diesem Gebiet vor Überraschungen nie sicher sein kann. Haben Sie sonst noch Fragen?"

„Einen Augenblick noch, bitte!" Konrad Wiese sah flüchtig die Papiere durch, die ihm der Streifenpolizist ausgehändigt hatte: Einen Flugschein, ausgestellt auf Werner Stallmach, Abflug nach Hamburg Dienstag 12.50 Uhr, Rückflug Donnerstag ab Hamburg 7.20 Uhr, einen Parkschein vom Parkhochhaus am Flughafen Düsseldorf, gestempelt von Dienstag 12.20 bis Donnerstag 8.45 Uhr, sowie eine Rechnung über DM 192,– für zwei Übernachtungen mit Frühstück. Einen Moment stutzte Wiese: Stella – Hotel garni, kein Hilton, kein Sheraton. Merkwürdig.

„Sie waren geschäftlich in Hamburg?"

„Ja, ich hatte unter anderem einen Termin mit unserem dortigen Generalvertreter, eine Besprechung mit zwei Herren von einer Zulieferfirma, und dann war ich noch in unserem Zweigwerk in Bergedorf."

„Und gestern abend?"

„War ich in der Oper, das heißt, erst in einem Restaurant in der Nähe, Alsterpavillon, sehr hübsch gelegen und die Küche ist nicht ohne. Zum Nachtisch habe ich mir dann den Zigeunerbaron geleistet, eine schwache Inszenierung, dafür zum Teil hervorragende Stimmen."

„Die Theaterkarte haben Sie wohl nicht mehr?"

„Doch, warten Sie!" Automatisch fuhr er mit den Händen in die Taschen seines Jacketts, hielt sogleich wieder inne. „Nein, da kann sie ja nicht sein, ich hatte einen anderen Anzug an, in dem müßte sie noch stecken. Ist wohl wichtig für mein Alibi?"

„So wichtig nun auch wieder nicht, Herr Stallmach. Ich denke, für den Anfang reicht das hier. Nur schmeißen Sie die Karte, falls Sie sie finden, nicht weg. Vielleicht wird sie noch gebraucht."

„Aber mich brauchen Sie jetzt nicht mehr, oder?"

„Nein, danke, Sie können gehen. Wenn noch was ist, wir melden uns. Oder wollen Sie verreisen?"

„Keine Sorge, ich habe vorläufig genug hier in Düsseldorf zu tun. Dann auf Wiedersehen, ach nein, besser: Leben Sie wohl!"

Sein lautes Lachen klang etwas zu forsch, zu gewollt, fand Wiese. Wahrscheinlich war er ungerecht, weil ihm der Typ nun mal nicht besonders lag. Oder weil Stallmach ihn mit dem Hinweis auf einen möglichen lesbischen Hintergrund des Falles auf unliebsame Weise an seine Tochter in Berlin erinnert hatte.

II.

Für achtundvierzig ganz schön verbraucht. Wiese stand vor dem Spiegel über dem Waschbecken in der Ecke neben dem schmalen Kleiderspind. Die Säcke unter seinen Augen wurden immer größer, und die senkrechten Falten, die sein Gesicht zerfurchten, immer tiefer. Nur sein volles, dunkles Haar hatte noch nichts von seinem kräftigen Wuchs eingebüßt, zeigte lediglich an den Schläfen ein paar helle Stellen: die ersten weißen Haare. Er durfte zufrieden sein, wenn er zum Beispiel an diesen Stallmach dachte, erst Anfang Vierzig und schon eine ausgeprägte Halbglatze. Die mit frühem Haarausfall sollen ja besonders potent sein, heißt es, aber das war sicherlich auch nur so 'n Gerede. Er jedenfalls konnte nicht klagen. Seit dem Tod seiner Frau vor, mein Gott, war das wirklich schon über drei Jahre her, seither hat er's sich sehr wohl beweisen können. Allerdings verspürte er keine Lust, wieder zu heiraten. Dabei war seine Freundin Hannelore, mit der er sich fürs Wochenende verabredet hatte, bestimmt nicht ohne. Allenfalls ein bißchen sehr jung für ihn, nur wenige Jahre älter als seine Tochter.

Wiese kehrte an seinen Schreibtisch zurück. Während er

ziemlich lustlos in einer Akte blätterte, wurde sein Blick, wie so oft in letzter Zeit, vom Foto seiner Tochter abgelenkt, das als einziger privater Gegenstand seinen Arbeitsplatz schmückte. Karin, seiner Frau, wie aus dem Gesicht geschnitten und bis vor kurzem ihm das Liebste auf der Welt, jetzt sah er sie, wenn er an sie dachte, in den Armen einer Frau. Von wem sie das nur hatte? Doch nicht von ihren Eltern. Er versuchte sich zu erinnern: Nein, nicht einmal in den schwierigen Jahren der Pubertät hatte er was mit anderen Jungs gehabt, die bloße Vorstellung war ihm schon immer unangenehm, ja eklig gewesen.

„Hallo, Kaweh, alles okay?" Die muntere Stimme von Kriminalhauptmeister Düren. Könnte sich auch mal einen neuen Spruch einfallen lassen. Ein Blick auf die Uhr: Verdammt, schon fünf nach elf. Wiese folgte Pit Düren ins angrenzende kleine Konferenzzimmer. Der junge Kriminalmeister Eigenbrodt und die übrigen Mitarbeiter der Abteilung warteten bereits. Zuletzt tauchte mit hochrotem Kopf Frau Löffelholz auf und brachte ihrem Chef einen Stapel Papiere.

„Der Obduktionsbericht?"

„Liegt oben auf, kam gerade noch rechtzeitig zur Konferenz." Sie strahlte, als hätte sie im Lotto gewonnen. Ungeheuer fleißig, die Zuverlässigkeit in Person, doch wenig Überblick und vor lauter gutem Willen fast immer außer Atem. Auch jetzt beeilte sie sich, den Raum zu verlassen, als drohe ihr sonst ein Strafmandat.

Konrad Wiese überflog den Text. Seine Miene hellte sich nicht auf. Schließlich legte er das Blatt wieder hin, begrüßte die Runde und eröffnete die Lagebesprechung: „Zum Fall Regine Stallmach: Der Obduktionsbefund läßt die entscheidende Frage leider offen. Die zahlreichen Frakturen am ganzen Körper können, so der Bericht, sehr wohl allein vom Sturz herrühren. Andererseits, heißt es, erlauben die schweren Kopfverletzungen auch den Schluß, daß sie schon vor dem Sturz durch heftige Schläge auf den Hinterkopf entstanden sind. Vergiftung scheidet auf jeden Fall aus, ebenso Schwangerschaft. Sie kann nicht einmal im Rausch gehandelt haben, sie hatte nur knapp 0,6 Promille Alkohol im Blut. Mit anderen Worten, wir sind noch keinen Schritt weiter. Oder bringst du was Neues aus der Brehmstraße mit?"

„Nicht viel." Pit Düren war der einzige in der Runde, der sich mit Wiese duzte. Beide kannten sich auch schon eine kleine Ewigkeit. „Die Mieter vom sechsten Stock, also direkt unter dem Penthouse, sind verreist, die anderen haben nichts gehört und nichts gesehen. Einzig die Pfannenstiels, die Kollege Schwan bereits heute nacht befragt hat, haben ihre Aussage erweitert. Sie wollen nämlich beim Nachhausekommen einen Mann beobachtet haben, der sich in verdächtiger Eile entfernte und hinter der nächsten Straßenecke verschwand. Die Frau meint sogar, der Kerl könne nur aus dem Haus Nummer 13 gekommen sein. Ihr Mann konnte oder wollte das jedoch nicht bestätigen."

„Personenbeschreibung?"

„Nullachtfünfzehn, wie üblich zur Nacht. Unbestimmte Größe, nicht eben klein, dunkler Mantel, Kragen hochgeschlagen und großer Schlapphut, sagt die Frau. Alter: Fragezeichen. Der Mann hat den Typ überhaupt nicht beachtet."

„Und der Hausmeister?"

„Bleibt bei seiner Aussage von heut nacht. Er lag schon im Bett, als ihn die Pfannenstiels und der Student herausklingelten. Über Frau Stallmach und ihren geschiedenen Mann konnte er nicht viel sagen. Den Mann hat er, wie er sich zu erinnern glaubt, das letzte Mal im März oder April gesehen. Und die Frau hat er auch nicht oft getroffen, meist im Treppenhaus, im Lift oder so, und da war sie, wie er sagt, immer sehr freundlich zu ihm."

„Und Brinkmann?"

„Ich hab ihn nur kurz gesprochen. Er stand noch unter Schockwirkung. Will zuerst an Selbstmord gedacht haben, weil er zu seiner Freundin am Telefon etwas Blödes gesagt hatte, etwas absolut Saublödes, wie er meint."

„Oho! Und was genau?"

„Wollte er nicht sagen."

„Also doch nicht nur zärtliche Worte, wie er unserem Kollegen Schwan weismachen wollte."

„Sicherlich nicht. Andererseits kann der Student nicht glauben, daß seine Freundin sich deswegen gleich das Leben genommen haben soll."

„Und wie, glaubt er, ist Regine Stallmach nun ums Leben gekommen? Denkt er an ein Verbrechen?"

„Nein, er vermutet einen Unfall. Einen Mord hält er für ziemlich ausgeschlossen. Seines Wissens hatte Frau Stallmach keine Feinde. Und einen Fremden hätte sie sowieso nicht in die Wohnung gelassen, schon gar nicht zu so später Stunde. Allerdings soll sie sich erst kürzlich mit ihrer besten Freundin total verkracht haben."

„Mit Eva-Maria Leicht?"

„Donnerwetter, ja, wie kommst du gerade auf die?"

„Davon später. Weißt du auch, warum sich die beiden verkracht haben?"

„Moment, ich hab mir's notiert." Düren kramte in seinem Notizbuch, fand schließlich den Zettel, den er suchte. „Nach Brinkmanns Darstellung hat ihm Frau Stallmach erst am Wochenende von diesem Streit erzählt, und zwar muß der sich wenige Tage zuvor in ihrer Wohnung abgespielt haben. Hier ein Zitat von Frau Stallmach, laut Brinkmann nicht wortwörtlich, aber dem Sinne nach: Die spinnt doch! Was die von mir erwartet. Ich bin nun mal anders als sie, und ich bin auch keine Schauspielerin wie sie! Am Ende hat sie die Freundin einfach vor die Tür gesetzt und ihr nachgerufen, sie möge sich zum Teufel scheren."

Alle lachten, nur Wiese blieb ernst: „Das hört sich ja recht lustig an, offenbar ist der Schock unseres Herrn Brinkmann doch nicht so stark, wenn er sich an solche Einzelheiten erinnert. fragt sich nur, ob und wieweit seine Erzählung stimmt."

„Vielleicht hat er die Geschichte nur erfunden, um uns auf eine falsche Fährte zu locken."

16

„Durchaus möglich, Herr Eigenbrodt", sagte Wiese mit einem anerkennenden Blick auf den jungen Kriminalbeamten. Ein Neuzugang, wie man ihn sich nur wünschen konnte. Aufgeweckt und mit einem Eifer bei der Sache, daß jeder spürte: Dem machte die Arbeit Spaß, dem ging's nicht nur um die Vorteile des Beamtenstatus.

„Interessant ist noch Brinkmanns Zimmervermieterin", ergänzte Düren, „eine Frau Kleinert. Allem Anschein nach ist sie nicht gut auf ihn zu sprechen. Ich hätte gern etwas nachgehakt, aber sie hatte es eilig, war, wie sie sagte, mit einer Freundin aus Krefeld in der Stadt verabredet."

„Ich denke, ich werde diese Dame und unseren Studenten heute nachmittag mal etwas genauer unter die Lupe nehmen. Und natürlich auch die Schauspielerin. Sie war immerhin der Scheidungsgrund für die Stallmachsche Ehe. Du, Pit, schaust inzwischen nach, ob der Brinkmann bei uns registriert ist. Erkundige dich auch, wann genau er heute nacht die Schumann-Klause verlassen hat. Und Sie, Herr Eigenbrodt, überprüfen Stallmachs Alibi." Er reichte ihm Flugschein, Parkzettel und Hotelrechnung. „Setzen Sie sich mit den Hamburger Kollegen in Verbindung, damit die das schon mal von dort aus checken."

„Du glaubst nicht an Unfall oder Selbstmord?" fragte Düren.

„Glauben tue ich gar nichts!" Es klang ziemlich unwirsch, und Wiese lenkte auch gleich ein: „Wir müssen uns leider an die Fakten halten und daraus unsere Schlüsse ziehen. Bis jetzt ist noch nicht viel dabei herausgekommen, also gehen wir jeder noch so dürftigen Spur nach. Ich hoffe, heute abend wissen wir mehr. Übrigens haben unsere Freunde von der Presse letzte Nacht tief und fest geschlafen. Nicht einmal ein Fotograf hat sich in die Brehmstraße verirrt. Das dürfte sich mit dem Polizeibericht ändern. Ich habe jedoch dafür gesorgt, daß darin nur von Unfall oder Selbstmord die Rede ist. Mordverdacht würde uns sofort die ganze Meute auf den Hals hetzen, und das können wir im Augenblick wirklich nicht brauchen."

Wiese blätterte suchend in den vor ihm liegenden Papieren. „Noch etwas. Kollege Schwan hat hier die Adresse von Frau Stallmachs Eltern notiert. Ob sie benachrichtigt wurden, geht nicht daraus hervor. Übernimmst du das, Pit? Und daß die mir nicht zu früh hier aufkreuzen. Noch ist die Wohnung versiegelt, und wie's ausschaut, kann's bis zur Freigabe noch eine Weile dauern. Keine Fragen mehr? Alle Klarheiten beseitigt?" Er blickte forschend in die Runde. „Dann zum nächsten Punkt: Wie weit sind wir mit unserem Bankräuber von der Berliner Allee? Schon Hinweise aufgrund der Fotos? Die waren ja wirklich mal Güteklasse eins!"

III.

Das Haus in der Brehmstraße war ein relativ neuer, komfortabler Bau, und das Stallmansche Penthouse im obersten Stock mit seinen beiden Terrassen der krönende Abschluß. Hauptkommissar Wiese hatte das Siegel an der Eingangstür entfernt und sah sich in der Wohnung um. Die Einrichtung, offensichtlich sündhaft teuer, war nicht sein Geschmack: zu bunt, zu unruhig. Er liebte klare Linien, sanfte Farben. Im Grunde wußte er gar nicht, was er suchte. Ihn leitete die aus ungezählten ähnlichen Erfahrungen gespeiste Hoffnung, unter den persönlichen Dingen irgend etwas zu entdecken, das ihn weiterbrachte. Endlich, im Schlafzimmer, fand er in einer Kommode Briefpapier und Schreibzeug, Heftklammern und Briefmarken sowie Stapel von ungeordneten Briefen und Ansichtskarten, dazu Hotelprospekte, Reiseführer, Theaterprogramme, ja sogar verschiedene Rechnungen. Augenscheinlich hatte der Begriff Ordnung für die junge Frau nie eine Rolle gespielt.

Die meisten Briefe stammten von demselben Schreiber: Ewald Rathgeber, Regines Vater. Eine energische, ausge-

18

schriebene Handschrift. Wieses Blick fiel auf eine Datumszeile: Queckborn, den 6. Oktober. Das war kurz nach der Scheidung. So wie der Vater schrieb, schien er über das endgültige Aus für die Ehe seiner Tochter nicht unglücklich zu sein, im Gegenteil. Er drückte die Hoffnung aus, daß sie sich von ihrem Mann nicht mit einem Trinkgeld habe abspeisen lassen. Und er sprach ihr Mut zu: Sie sei noch so jung, sie werde vielleicht schon bald einen anderen Mann kennenlernen, einen ernsthaften und keinen solchen Luftikus wie Werner, der nicht einmal imstande war, ihr ein Kind zu machen. Und ihrem Vater einen Enkel, setzte Wiese in Gedanken hinzu. Obwohl, es war gar nicht gesagt, daß es an diesem Herrn Stallmach lag, aber was sagt oder schreibt oder tut man als Vater nicht alles, wenn's um die eigene Tochter geht!

Wieder der Gedanke an Karin, die ihm plötzlich so fremd war, er wußte heute noch nicht, wie es geschehen konnte, daß sie ihm so völlig entglitten war. Ob es auch passiert wäre, wenn seine Frau noch lebte? Eigentlich hatte er immer den besseren Draht zur Tochter gehabt, nun schön, das war in den meisten Familien so, das besagte nicht viel, wiewohl er nicht glauben mochte, daß, wie es in einer Fernsehdiskussion ein prominenter Psychologe formuliert hatte, in fast jeder Vater-Tochter-Beziehung Erotisches mitspiele. Während ihm all dies durch den Kopf ging, suchte er unverdrossen weiter und war am Ende doch arg enttäuscht, daß er nicht einen einzigen Brief, nicht einmal einen Kartengruß dieser Schauspielerin fand. Kein Beleg also für die durchaus mögliche Theorie, daß zumindest Eva-Maria Leicht hier mehr erwartet hatte als eine normale Freundschaft. Immerhin, vielleicht hatte es ja Briefe von ihr gegeben, und Regine Stallmach hatte sie vernichtet, als sie glauben mußte, daß ihr Mann sie mit der Freundin betrog. Sofern denn die Erzählung des Herrn Stallmach nicht frei erfunden war.

Ganz zuunterst, in einem Umschlag, von dessen Düsseldorfer Poststempel sich das Datum leider nicht ablesen ließ, ein maschinengeschriebener, offenbar anonymer Brief:

> Lassen Sie die Finger vom Rudi, der ist zu schade für Sie! Wenn Sie unbedingt was fürs Bett brauchen, dann nehmen Sie sich doch einen Gastarbeiter. Es gibt ja genug junge geile Türken hier, die es Ihnen gerne mal besorgen würden. Wenn Sie nicht endlich Schluß machen mit dem Rudi, können Sie was erleben! Dies ist eine ernste Warnung!
> Eine, die es gut mit Ihnen meint.

Wiese nahm den Brief an sich. Vielleicht ließ sich etwas damit anfangen. Ein Schreibmaschinenvergleich, sofern sich eine dazu passende fand. Er erinnerte sich, daß er auf diese Weise schon einmal, vor vielen Jahren, ein Verbrechen aufgeklärt hatte.

Im Wohnzimmerschrank entdeckte er zwischen Bildbänden über die Wunder der Toskana, die Traumstraßen Amerikas, moderne Malerei und ähnlich fotogene Themen drei Fotoalben. Er setzte sich damit in einen bequemen Sessel und blätterte darin herum. Eines enthielt Bilder aus Regines Bühnenzeit: Szenenfotos und Porträts, vom Theaterfotografen gekonnt aufgenommen. Und da, von ihren Anfängen auf der Schauspielschule, zwei Fotos mit einer dunkelhaarigen, glutäugigen Partnerin und darunter der Text: Erste Triumphe mit Eva-Maria in Lessings „Minna von Barnhelm" und Lorcas „Bernarda Albas Haus". Die Minna kannte er, das andere Stück sagte ihm nichts, aber ohne Zweifel handelte es sich bei den beiden jungen Schauspielerinnen, abgelichtet vor über zehn Jahren, um zwei ausnehmend hübsche Damen.

Das neueste der drei Alben fiel dadurch aus dem Rahmen, daß überall Fotos herausgerissen und auf den verbliebenen nur Landschaften und die Menschen allenfalls als winzige Figuren zu sehen waren, ausgenommen etwa ein Dutzend Fotos, die Regine allein zeigten, und ein paar Karnevalsbilder mit Gruppen von Kostümierten, unter denen er auch, zwar nur im Profil, Herrn Stallmach zu erkennen glaubte. Kinderei! Als ließen sich fünf Ehejahre auf diese Weise ungeschehen machen, als könnte man so die Erinnerung an gemeinsame Ferien an der Algarve oder auf den Seychellen für immer auslöschen. Wie stets versuchte Wiese, sich möglichst intensiv in das Leben der Person zu versetzen, deren gewaltsamen Tod es aufzuklären galt. Und je eingehender er sich mit dieser jungen Frau beschäftigte, desto widersprüchlicher erschien sie ihm. Was sie in dem Fotoalbum angerichtet hatte, verriet eine auffallende Unbeherrschtheit, ja eine geradezu krankhafte Zerstörungswut. Und wenn sich ihre Unbeherrschtheit, ihre Zerstörungswut nun doch einmal gegen sich selbst gerichtet hätte?

Er öffnete die Tür zu der auf der Ostseite gelegenen Terrasse. Von der belebten Straße dröhnte Verkehrslärm herauf. Die Alleebäume auf beiden Seiten wie dahinter die Bäume des Zooparks waren schon stark gelichtet, das meiste Laub lag dunkel verfärbt am Boden. Am Horizont erstreckte sich, kaum erkennbar als grauer Streifen, der Höhenzug des Aaperwalds. Vom einstigen Tiergarten war nur der Name des Parks geblieben. Wiese erinnerte sich: Links, ein paar Straßen weiter, noch gut hundert Meter hinter dem Eisstadion, hatten sie gewohnt, und als kleiner Knirps hatte er oft vom Fenster im dritten Stock die Elefanten, Antilopen und viele andere Tiere in ihren Freigehegen beobachtet. Derselbe Bombenangriff, der das Haus in Trümmer legte, vernichtete auch den Zoo. Auf den Trümmergrundstücken hatte man nach dem Krieg neue Häuser errichtet, vom Zoo aber blieb nur ein Park . . .

Im Sommer mußte es hier oben herrlich sein, ein kleines Sonnenparadies mitten in der Großstadt. Doch jetzt, an diesem trüben Novembernachmittag, war die Aussicht eher reizlos – wie auch von der westlichen Terrasse, auf die Wiese nun trat. Grau in grau das Panorama der Kirchtürme, Hochhäuser und unzähligen Dächer. Er beugte sich über die Brüstung und spähte in den Hof hinunter: Dort, neben den Mülltonnen, muß Regine Stallmach gelegen haben. Die beiden Kastanien hätten ihren Sturz nicht abbremsen können: sie standen zu weit ab. Ihre fast kahlen Zweige reichten allenfalls bis zur Höhe des fünften Stocks. Die Brüstung war ziemlich niedrig, sie ging ihm gerade bis zu den Hüften. War das baupolizeilich überhaupt zulässig? In jedem Fall nur etwas für Schwindelfreie. Seine Frau hätte da nie hinunterschauen können, sie fühlte sich schon auf dem kleinen Balkon ihrer Oberkasseler Wohnung unsicher, dabei war der bloß zwei Stock hoch. Ob Regine Stallmach ähnliche Schwierigkeiten gehabt hatte? So was müßte eigentlich ihr geschiedener Mann wissen.

Ein Geräusch in seinem Rücken ließ den Kommissar zusammenfahren. Er drehte sich um, sah in der Tür einen jungen Mann und fragte streng: „Wer sind Sie? Wie kommen Sie hierher?"

„Die Tür war angelehnt, und das Polizeisiegel entfernt. Ich heiße Brinkmann, Rudi Brinkmann. Ich bin, ich war ein Freund von Frau Stallmach."

„Ich weiß, ich wollte Sie sowieso sprechen." Und im Näherkommen: „Hauptkommissar Wiese von der Mordkommission."

„Wie denn? War es doch Mord?"

„Das herauszufinden, sind wir da. Bei jedem gewaltsamen Tod. Darf man erfahren, was Sie hier oben suchen?"

„Ich dachte, sie haben vielleicht noch ein paar Fragen."

„Und woher wußten Sie, daß Sie mich hier finden?"

„Der Hausmeister hat Sie gesehen. Ich traf ihn unten, als ich von der Uni kam."

„Wieso kennt der mich?"

„Was weiß ich. Er sagte nur, es wäre schon wieder einer von der Kripo oben."

„Hat 'ne gute Nase, der Mann. Aber kommen Sie, gehen wir lieber rein oder besser, gehen wir runter zu Ihnen. Es sei denn, Sie suchen hier noch etwas anderes."

Brinkmann verneinte. Vielleicht war er auch schon fündig geworden, als Wiese auf der Terrasse über das Ende des Zoos und über Schwindelfreiheit nachgedacht hatte.

„Wissen Sie, ob Frau Stallmach schwindelfrei war?"

fragte er, während er die Wohnungstür wieder sorgfältig versiegelte.

„Ich denke schon. Jedenfalls habe ich nichts Gegenteiliges bemerkt. Aber das heißt ja nichts. Auch wer schwindelfrei ist, kann mal das Gleichgewicht verlieren."

„Oder es hilft einer nach und gibt einem einen kleinen Stoß im richtigen Moment", sagte Wiese. Mit dem Lift fuhren sie hinunter in den zweiten Stock. Kein unbeschriebenes Blatt mehr bei der Polizei. Pit Düren hatte ihm, bevor er losfuhr, noch schnell die paar Daten geliefert. Keine großen Sachen, immerhin zweimal polizeilich aufgefallen. Mal sehen, ob er von selbst draufkommt. An sich ein sympathischer Junge. Den Bartkranz trug er sicherlich nur, um älter zu wirken. Sein Blick gefiel ihm, offen, unverstellt, dazu paßte seine direkte Sprache, knapp, ohne Umschweife. Doch was besagte das schon? In seiner langen Laufbahn hatte Wiese mehr als einmal erlebt, wie ein durchaus sympathisch wirkender Zeitgenosse sich als übler Gangster entpuppte.

Im zweiten Stock schloß der Student die Wohnungstür auf und bat den Kommissar, ihm zu folgen: „Ich wohne hier zur Untermiete. Meine Wirtin, Frau Kleinert, ist noch in der Stadt."

Ein überraschend großes Zimmer, nicht eigentlich das, was man sich unter einer Studentenbude vorstellt. Dank der vielen Bücher, die in zimmerhohen Regalen eine der beiden Längswände fast zudeckten, wirkte es einladender als das Penthouse im 7. Stock.

„Schön haben Sie's hier, Herr Brinkmann. Was zahlen Sie denn da Miete?"

„Hundertzwanzig Mark, aber ich habe zum Jahresende gekündigt."

„Warum das? Bei dem Preis!"

„Richtig, ein Vorzugspreis. Leider gab es gewisse Spannungen zwischen mir und Frau Kleinert, da zieh ich lieber aus . . . Ja, schauen Sie sich ruhig um, ich habe keine Geheimnisse."

23

„Wirklich nicht?" fragte Wiese, der mit schnellem Blick festgestellt hatte, daß es sich nur zum geringsten Teil um medizinische Literatur handelte. „Auch keine kleinen? Die hat doch jeder, oder nicht?" Und da Brinkmann schwieg: „Den Büchern hier nach zu urteilen, ist die Medizin nicht gerade Ihre große Leidenschaft."

„Erraten. War ja wohl auch kein Kunststück. Nein, ich wollte eigentlich Philologie studieren, ja, ich wollte in der Tat Lehrer werden, eigenartig, was?"

„Wieso? Finde ich nicht." Wiese setzte sich in einen Drehsessel vor einem Tischchen mit einer Schreibmaschine, Brinkmann blieb neben einem hochbeinigen Schreib- und Lesepult stehen.

„So oder so, mein alter Herr war dagegen, und wahrscheinlich lag er da ganz richtig, wenn ich an die vielen arbeitslosen Lehrer denke, die's schon gibt. Junge, hat er immer wieder gesagt, wenn du schon nicht Anwalt werden willst wie ich, dann werde Arzt! Ärzte werden immer gebraucht, Ärzte, Juristen und Polizisten. Jetzt sind Sie dran."

Ganz schön keß, der Herr Studiosus. Vater ein erfolgreicher Anwalt in Lüdenscheid, offenbar ehrlich bemüht, seinem Sohn vermeidbare Enttäuschungen zu ersparen. Erstaunlich, daß er sich in dieser Frage bei seinem Filius durchgesetzt hatte. Obwohl natürlich keineswegs bewiesen war, daß er an der Uni tatsächlich Medizin studierte. Vielleicht nicht mal Philologie, sondern die neuen Lieblingswissenschaften Soziologie und Politologie. Wie Tochter Karin in Berlin. Dabei gab's unter Soziologen und Politologen vermutlich noch mehr Arbeitslose als unter Lehrern.

„Wie es scheint, haben Sie Ihren Schock von heute nacht inzwischen überwunden?"

„Es geht. Sie können mit Ihren Fragen beginnen."

„Danke, sehr freundlich." Wieses Ton verriet nicht, ob er es ernst oder ironisch meinte. „Der Tod von Frau Stallmach ist bis zur Stunde ungeklärt. Theoretisch gibt es mehrere Möglichkeiten. Wenn sich herausstellt, daß ein Verbrechen vorliegt, ist Ihnen klar, daß auch Sie zum Kreis der Verdächtigen gehören."

„Logisch. Um so mehr, als Sie sich bestimmt über meine Person informiert haben, unter anderem aus den Polizeiakten, hab ich recht?"

Wiese nickte und musterte nachdenklich den jungen Mann, der weder bedrückt noch unsicher wirkte. Dann holte er sein Notizbuch hervor und las laut vor, was ihm Düren vorhin berichtet hatte: „Vor einem Jahr Beteiligung an einer nicht genehmigten Demonstration in der Fußgängerzone der Altstadt. Wegen Widerstands gegen die Staatsgewalt 24 Stunden in Polizeigewahrsam. Und weshalb das Ganze?"

„Es ging mal wieder um den Abtreibungsparagraphen. Wir haben gegen die frauenfeindliche Praxis protestiert, die es auch nach der Reform noch gibt."

„Sie, ein junger Mann? Was haben sie mit Abtreibung zu tun?"

„Wenn Sie so fragen, das gleiche, was ich mit Nicaragua und Afghanistan zu tun habe, nämlich direkt persönlich gar nichts, aber moralisch! Ich finde, man kann sich gar nicht genug empören über all das Unrecht, das geschieht." Seine Augen sprühten Entrüstung, sein Eifer hatte etwas Anrührendes. „Was meinen angeblichen Widerstand gegen die Staatsgewalt angeht, so möchte ich mich dazu lieber nicht äußern."

„Wie Sie wollen. Immerhin werden Sie zugeben, daß Sie gelegentlich zu spontanen Reaktionen neigen. So haben Sie sich, und das ist erst ein paar Monate her, als Zuhörer in einem Prozeß gegen Teilnehmer einer Friedensdemonstration immer wieder zu lautstarken Mißfallenskundgebungen gegen den Staatsanwalt hinreißen lassen, bis man Sie schließlich gewaltsam aus dem Gerichtssaal entfernen mußte."

„In meinem Alter ist man eben noch nicht so abgebrüht. Da fällt es einem manchmal verdammt schwer, schweigend miterleben zu müssen, was in unseren Gerichten alles möglich ist."

Der Kommissar gab ihm wohl im stillen recht, ging aber nicht darauf ein. Als dritten Punkt hatte Düren noch erwähnt, daß Brinkmann häufig die Wohnung gewechselt habe. In die Brehmstraße sei er erst im Juni gezogen. Vorher habe er unter anderem in einem Hochhaus in der Kaiserstraße gewohnt, wo es in jüngster Zeit zwei Todesstürze von jungen Frauen gegeben habe. Blödsinn, hatte Wiese dabei gedacht und Düren gebeten, erst einmal zu überprüfen, ob jene Fälle ungeklärt geblieben seien, und wenn ja, ob zur fraglichen Zeit Brinkmann in dem Hochhaus gewohnt habe.

„Übrigens war ich beim Bund auch nicht artiger. Falls es Sie interessiert: Ich hab sogar mal acht Tage Bau bekommen, weil ich einem besonders dämlichen Unteroffizier eine geschmiert habe."

In Erinnerung an seine eigene Dienstzeit hatte Wiese Mühe, ernst zu bleiben: „Ich stelle fest, Selbstbeherrschung ist nicht gerade Ihre Stärke. In diesem Punkt waren Sie sich ziemlich ähnlich, Sie und Frau Stallmach?"

„Richtig, unsere Temperamentsausbrüche konnten sich sehen lassen. Regine war genauso emotional wie ich." Er verstummte, fast sah es so aus, als habe er plötzlich Bedenken, zuviel gesagt zu haben.

„Um noch einmal auf die Möglichkeit eines Verbrechens zurückzukommen: Es hat Sie nicht überrascht, daß Sie für uns zu den Verdächtigen gehören?"

„Nein, durchaus nicht. Schließlich gibt es niemanden, der meine Darstellung bestätigen kann. Es könnte sich auch ganz anders abgespielt haben."

„Wie zum Beispiel?"

„Vielleicht habe ich mich mit Regine gestritten."

„Keineswegs ausgeschlossen nach dem, was Sie mir gerade über Ihre gemeinsame Neigung zu Temperamentsausbrüchen erzählt haben. Und dann gab es ja noch dieses Telefongespräch mit Ihrer Freundin, keine halbe Stunde vor

Ihrem Tod. Was war denn das nun für ein saublödes Wort, zu dem Sie sich gegenüber meinem Kollegen nicht näher äußern wollten?"

Täuschte er sich, oder wirkte der Student tatsächlich erstmals etwas unsicher? Er antwortete nicht sofort, sondern ließ sich Zeit: „Also gut, Regine ging mir manchmal auf die Nerven mit ihrer Eifersucht. Am liebsten hätte sie mir meinen Job in der Schumann-Klause verboten, aber ich brauche das Geld für meinen fahrbaren Untersatz. Mein Alter hält mich verdammt knapp. Regine wollte mir sogar das Geld geben, nur damit ich dort aufhöre. Die Leute paßten ihr einfach nicht, zu viele Studenten."

„Und Studentinnen!"

„Klar, die besonders. Es genügte ein Augenzwinkern, ein harmloses Begrüßungsküßchen, schon sah Regine rot. So war's auch gestern abend. Sie kam so gegen halb neun auf ein Gläschen Lubéron, den trank sie am liebsten, ich steh ja mehr auf Düsseldorfer Alt, und wie's der Zufall will, taucht plötzlich die Doris auf, Drittsemester wie ich, und fällt mir um den Hals. Mein Gott, es ist wirklich nichts zwischen uns, doch Regine machte 'ne Mordsszene und rauschte beleidigt ab. Ich war stocksauer und eigentlich fest entschlossen, diese Nacht aufs Betthupferl zu verzichten."

„Sie haben es sich anders überlegt und Ihre Freundin doch noch angerufen. Warum?"

„Hm", machte Brinkmann, und der Kommissar hatte den Eindruck, als unterdrücke er nur mühsam ein Feixen. „Wenn Sie sie gekannt hätten, würden Sie nicht so fragen. Regine war trotz allem eine unheimlich aufregende Frau, drum! Ja, sie war auch ungeheuer sexy, obwohl sie eher wie ein braves Gretchen aussah. Am Telefon war ich dann leider immer noch ziemlich eklig zu ihr, habe ihr gesagt, daß ich ihr Verhalten beschissen fände, und wenn sie's so weitertriebe, könnte sie mir gestohlen bleiben. In dem Ton, also saublöd."

„Wie reagierte Ihre Freundin?"

„Das ist es ja eben. Im allgemeinen beruhigte sie sich

schnell, und die Sache war ausgestanden. Doch diesmal war sie echt eingeschnappt, nölte herum, ich sollte mir bloß nichts einbilden, sie wäre auf mich nicht angewiesen und so fort. Ich hör noch ihre letzten Worte, bevor sie aufgelegt hat: So nicht, mein Lieber, nicht mit mir! Sie sagte allen Ernstes mein Lieber und nicht mein Teddybär. So nannte sie mich nämlich sonst immer. Immer, das heißt, genau zweiundzwanzig Tage. Wollen Sie auch wissen, wie viele Nächte?"

Woher diese plötzliche Aggressivität? Wahrscheinlich die einzige Möglichkeit für den jungen Mann, nicht sentimental zu werden. Erst nach einer Pause antwortete Wiese: „Nein, mich interessiert etwas anderes. Wann haben Sie eigentlich Frau Stallmach kennengelernt, wann und wie?"

„Im September. Ich kam die Treppe runter, sie stand vorm Lift. Beide hatten wir Schlittschuhe dabei, sie kam vom Eisstadion, ich wollte hin. So kamen wir ins Gespräch und haben uns gleich fürs nächste Mal verabredet. Später erzählte sie mir von ihrer Scheidung, und ich erfuhr auch, daß die Nähe des Eisstadions der Hauptgrund war, weshalb sie ihren Mann vor Jahren zum Kauf gerade dieser Wohnung überredet hatte."

„Meinem Kollegen gegenüber haben Sie eine Auseinandersetzung zwischen Frau Stallmach und einer früheren Freundin erwähnt, einer Schauspielerin. Könnten Sie mir diesen Vorfall noch einmal schildern?"

Rudi Brinkmann tat es. Es war im großen und ganzen die gleiche Geschichte. „Regine hat den Streit bestimmt nicht allzu ernst genommen. Sie kriegte sich kaum ein vor Lachen, als sie mir vormachte, wie sie diese Eva-Maria zum Teufel schickte."

„Sie kennen Frau Leicht?"

„Nicht persönlich. Vom Bildschirm, ja, und natürlich aus Regines Erzählungen."

„Halten Sie es für möglich, daß zwischen den beiden mal so etwas wie ein intimes Verhältnis bestanden hat?"

„Sie meinen Lesbos? Ach wissen Sie, möglich ist alles,

zumal in der Branche, und Regine war ja auch mal Schauspielerin."

„Wenn es zuträfe, hätte es Sie gestört?"

„Nein, wieso? Finden Sie das wichtig, ob eine Frau eine Frau oder ein Mann einen Mann liebt? Ist doch im Grunde Jacke wie Hose, Herr Kommissar. Wo soll da ein Problem sein?"

Meinte Brinkmann es ernst? Wiese zog es vor, das Thema zu wechseln. Zum wiederholten Mal an diesem Donnerstag wurde er an seine Tochter erinnert, die sich zu diesen Dingen mit einer ähnlichen Unbekümmertheit (oder sollte er sagen: trotzigen Direktheit) äußerte. Natürlich hatte er als Kriminalist immer wieder mal mit gleichgeschlechtlichen oder anderen ausgefallene Beziehungen zu tun, die er als traurige Verirrungen anzusehen gewohnt war, doch bisher hatte es ihn nie persönlich berührt, vielmehr ordnete er all dies, auch wenn damit nichts Strafwürdiges verbunden war, als absolut persönlichkeitsfremd und daher ohne zwingendes Interesse in die Randbezirke seines Weltbilds ein.

So überflog er noch einmal die Notizen, die er sich während der Befragung gemacht hatte, setzte eine bedenkliche Miene auf und sagte: „Angenommen, Ihre Freundin wurde ermordet und ich ziehe Sie nicht als Täter in Betracht, dann muß ich mich fragen: Warum hat niemand etwas von diesem großen Unbekannten bemerkt? Als Sie heute nacht von Ihrem Lokal aus angerufen haben, wann genau?"

„Ich schätze, es war kurz vor elf, kann aber auch viertel vor gewesen sein."

„War da Ihre Freundin allein in der Wohnung?"

„Ich vermute, ich habe sie nicht gefragt."

Der Student wirkte leicht zerstreut und keineswegs so, als könnte es hier um seinen Kopf gehen.

„Das bedeutet", fuhr Wiese fort, „der Täter muß innerhalb von dreißig, maximal vierzig Minuten in die Wohnung gelangt sein, hat Frau Stallmach mit einem harten Gegenstand niedergeschlagen und von der Terrasse hinunter in den Hof geworfen, hat alle Spuren beseitigt und sich unbemerkt wieder aus dem Haus geschlichen. Eine beachtliche Leistung, die zudem eine außergewöhnliche kriminelle Energie beweist. Zweifellos kennt sich der Mörder, falls es einen gibt, in diesem Haus bestens aus. Wann haben Sie die Schumann-Klause verlassen? Vielleicht gleich nach dem Telefonat?"

Brinkmann zögerte mit der Antwort.

„Wir werden das natürlich überprüfen. Überlegen Sie gut!"

„Da gibt es nichts zu überlegen. Ich bin gleich darauf losgefahren."

„Aber nicht hierher – oder? Der Weg ist nachts leicht in zehn Minuten zu schaffen."

„Ich weiß. Ich hatte vor, noch jemand zu besuchen, ein Mädchen. Ich war stinkwütend. Doch als ich vor dem Haus in Gerresheim hielt, war die Wut auf einmal wie weggeblasen. Ich hab noch 'ne Zigarette geraucht, dann bin ich heimgefahren."

„Zeugen gibt's dafür wohl nicht. Hm, Sie werden zugeben, daß unter diesen Umständen nicht wenig für Ihre Täterschaft spricht."

„Trotzdem muß ich Sie enttäuschen: Ich war's nicht, ich wüßte auch nicht, warum ich meine Freundin getötet haben sollte. Es kann nur ein Unfall gewesen sein, obgleich . . ."
Er unterbrach sich, starrte an Wiese vorbei ein Loch in die Luft, schien ihn auf einmal total vergessen zu haben.

„Obgleich was?"

„Ach, Blödsinn. Wenn ich Ihnen jetzt sage, mir ist heute nacht doch etwas aufgefallen, dann denken Sie bestimmt, das habe ich gerade erfunden.,"

„Schon möglich. Dennoch würde es mich interessieren. Ob ich es Ihnen letztlich abkaufe, ist eine andere Frage. Die sollten Sie getrost mir überlassen. Also?"

„Es geht um den Moment, als ich im siebten Stock den Lift verließ. Ich hatte es eilig und läutete Sturm, lauschte dann, was sich drinnen tat, das heißt, ich wartete auf ihre

Schritte, oft kam sie singend durch den Flur, doch diesmal rührte sich nichts. Und wie ich da so stand und auf Regine wartete, da meine ich jetzt, ich hätte ein Geräusch im Treppenhaus gehört, nicht weit weg, höchstens eine Etage tiefer, das Geräusch sich entfernender Schritte. Ich habe nicht weiter darauf geachtet, warum sollte ich, ich wartete ja auf Regine, die nicht kam, die vielleicht noch böse mit mir war, und weil sie nicht kam, wurde ich immer ungeduldiger, aber auch unruhiger, läutete wieder und wieder, trommelte an die Tür und rief ihren Namen. Hätten Sie anders gehandelt?"

„Wahrscheinlich nicht. Trotzdem muß ich Sie fragen: Wieso fällt Ihnen das erst jetzt ein?"

„Mein Gott, heute nacht und am Morgen stand ich zu sehr unter Schock. Wenn Sie sich selbst völlig unschuldig fühlen, ja zunächst überhaupt nicht an ein Verbrechen denken, da grübeln Sie doch über solche Einzelheiten nicht nach. An das Geräusch im Treppenhaus habe ich mich wirklich erst in diesen Minuten erinnert, und ich bin mir im klaren, daß das Geräusch auch eine harmlose Ursache gehabt haben kann."

„Nun, sicherlich wird sich das irgendwann herausstellen. Sollte Ihnen noch etwas ein- oder auffallen, das Ihnen wichtig erscheint, lassen Sie mich's wissen. Hier haben Sie meine Karte, sie können mich jederzeit anrufen."

IV.

Im Erdgeschoß traf der Kommissar den Hausmeister, der offensichtlich auf ihn gewartet hatte. „Gerade sind zwei Journalisten nach oben", raunte er ihm mit Verschwörermiene zu und deutete auf den Lift. „Schon der dritte Trupp heut, der sich für die arme Frau Stallmach interessiert. Ich sag allen, daß ich nichts weiß."

31

„Sagen Sie ihnen ruhig, was Sie wissen, da ist ja nichts dabei. Und was uns von der Kripo angeht, so machen wir aus unserer Tätigkeit auch kein Geheimnis. Wir ermitteln routinemäßig, ein ganz normaler Vorgang."

„Klar, Herr Kommissar. Haben Sie schon mit Herrn Brinkmann gesprochen?"

„Ja, warum?"

„Er meint auch, es war ein Unfall."

„Wer denn noch?"

„Wer noch? Ich weiß nicht, ich dachte nur . . . Netter Kerl, der Herr Brinkmann, nicht so hochnäsig wie viele Studenten. Und sie, also die Frau Stallmach, die war auch sehr nett, immer freundlich und dabei so lebenslustig."

„Lebenslustig? Hatte sie denn außer Herrn Brinkmann noch andere Verehrer?"

„Nein, wo denken Sie hin, so habe ich das nicht gemeint. Das heißt, der Herr Brinkmann, der ist da ein anderes Kaliber, der soll ja auch schon was mit der Kleinert gehabt haben, Sie wissen, seine Zimmerwirtin. Doch nichts Genaues weiß man nicht, und ich will auch nichts gesagt haben. Andererseits steht fest, daß die Kleinert ganz schön scharf ist, manche behaupten, richtig mannstoll."

Konrad Wiese machte, daß er wegkam. Dieser Terjung ging ihm mit seinem Gequatsche auf die Nerven. Typischer Treppenhausklatsch. Und wenn nun doch etwas dran war an der Geschichte? Wenn Brinkmann vor der Affäre mit Regine Stallmach etwas mit dieser Frau Kleinert gehabt hat? Zuzutrauen war es ihm. Dazu paßte die niedrige Miete und daß er inzwischen gekündigt hatte. Frau Kleinert wäre jedenfalls nicht die erste, die sich an einer Nebenbuhlerin mit anonymen Briefen rächte. Womöglich auf der Schreibmaschine ihres treulosen Untermieters.

Wie nun aber, wenn sie ihre Drohung wahr gemacht, wenn sie nachts unter einem Vorwand ihre Rivalin aufgesucht und ermordet hat? Der Student glaubt, Schritte im Treppenhaus gehört zu haben. Was sprach dagegen, daß es Frau Kleinert war? Und die angebliche Verabredung mit einer Freundin hatte sie nur vorgeschoben, um sich, wenigstens bis auf weiteres, peinlichen Fragen der Polizei zu entziehen.

Im Wagen, der auf dem Gehsteig vorm Haus parkte, sagte ihm der Fahrer, er möchte im Präsidium anrufen. Wiese ließ sich mit Düren verbinden. Der hatte gute Nachrichten, allerdings nur den Bankraub betreffend. Aufgrund der Fotos in den Morgenzeitungen, auf denen der Täter deutlich zu erkennen war, hatte es ein halbes Dutzend Hinweise gegeben, von denen drei, weil übereinstimmend, durchaus Erfolg versprachen. Auch wenn die bereits eingeleitete Fahndung nicht sofort zur Festnahme führen sollte, war dies doch nur noch eine Frage der Zeit, da man ja wußte, mit wem man es zu tun hatte.

„Klingt nicht schlecht", sagte Wiese. „Ich wäre froh, wenn ich das auch im Fall Stallmach sagen könnte. Wie weit ist denn Eigenbrodt mit der Überprüfung von Stallmachs Alibi? Hat er schon was aus Hamburg erfahren?"

„Die Flüge auf dem Flugschein stimmen. Werner Stallmach ist auf den betreffenden Passagierlisten angekreuzt. Die Hamburger sind dran, wollen noch heute einen Zwischenbescheid geben. Übrigens drängt die Presseabteilung. Die Zeitungen rufen ständig an. Schon kocht die Gerüchteküche. Wir müssen irgend etwas tun, Kaweh!"

„Die sollen sich doch verdammt noch mal auf unsern Bankräuber konzentrieren. Den werden wir ihnen in Bälde auf dem Tablett servieren, vielleicht sogar mit der kompletten Beute. Immerhin fast neunzigtausend, für die Bank nur ein Klacks, für unsereinen ein ganz schöner Batzen. Schmier ihnen Honig ums Maul, sag ihnen, ohne die schnelle Reaktion der Düsseldorfer Tageszeitungen, die heute morgen alle mit den Fotos vom Überfall auf dem Markt waren, wäre der Erfolg nicht möglich gewesen. So in der Art, eben was richtig Nettes, das hören die auch mal gerne. Um so kürzer treten wir bei der Stallmach. Da kann ich keine Schnüffelnasen gebrauchen, nicht im jetzigen Stadium. Versuch, sie hinzuhalten, und vorerst kein Wort von Mordverdacht! Ich fahr dann jetzt in die Goltstein-straße und fühle unserer prominenten Schauspielerin ein bißchen auf den Zahn. Könnte ja sein, die Dame Leicht entpuppt sich als leichte Dame."

Kein gutes Wortspiel, zu billig, eigentlich unter seinem Niveau, tadelte sich der Kommissar, Dürens Lachen noch im Ohr. Er schaute auf die Uhr: Gleich zehn nach vier, noch stimmte sein Zeitplan. Er hatte sich vergewissert, daß Eva-Maria Leicht an diesem Abend Vorstellung hatte – wie auch tags zuvor: „Der ewige Zweite", Komödie, von 20.15 bis ca. 22.30 Uhr. Vermutlich brauchte sie den Nachmittag, um abzuschalten und sich zu entspannen. Es bestand also die Aussicht, sie in ihrer Wohnung anzutreffen. Unangemeldet hatte er das Überraschungsmoment für sich. Wenn nicht, mußte er später versuchen, sie im Theater abzufangen.

Das Haus in der Goltsteinstraße war das genaue Gegenteil von der Brehmstraße 13: Ein Altbau, der wohl schon an die hundert Jahre auf dem Buckel hatte. Einzige Übereinstimmung: Auch hier kein Vis-à-vis, sondern der freie Blick in einen Park. Die Goltsteinstraße lag unmittelbar am Hofgarten. Eine gute, aber auch teure Adresse. Die Fassade war offenbar neu verputzt worden: resedafarbener Anstrich mit weißer Umrandung der hohen, schmalen Fenster.

Die Doppelreihen hoher, fast kahler Bäume jenseits des Düsselgrabens hießen, solange er denken konnte, Seufzerallee. Warum, wußte er nicht mehr. Vielleicht war sie vor vielen, vielen Jahren Treffpunkt unglücklicher Liebespaare gewesen? Für ihn verband sich mit dieser Allee die Erinnerung an eines seiner frühesten häßlichen Erlebnisse. Damals, kurz nach dem Kriege, war die Mutter mit ihm, dem gerade Siebenjährigen, von Oberkassel, wo sie als Ausgebombte eine Notunterkunft gefunden hatten, in die Stadt gefahren und hatte hier, wo im Schatten der hohen Bäume Schwarzmarktgeschäfte getätigt wurden, Zigaretten gegen Butter zu tauschen versucht. Aber die Typen, mit denen sie verhandelte, hatten ihr die Zigaretten aus der Hand gerissen und waren im nächsten Augenblick verschwunden. Was für eine schreckliche Zeit, jammerte die Mutter auf der Heimfahrt, eine gesetzlose, eine wölfische Zeit. Vergeblich hatte er sie zu beruhigen versucht. Damals mochte in ihm zum erstenmal der Wunsch geweckt worden sein, Ganoven wie denen vom Schwarzen Markt das Handwerk legen zu können. Heute hatte er es allerdings mit einer anderen, raffinierteren Spezies von Tätern zu tun, sofern es sich denn um ein Verbrechen handelte.

Wiese hatte Glück. Auf sein Läuten wurde geöffnet. Frau Leicht wohnte im ersten Stock. Sie stand in der nur einen Spaltbreit geöffneten, durch eine Kette gesicherten Tür und musterte ihn voller Mißtrauen: „Sind Sie von der Presse?"

Der Kommissar stellte sich vor, zeigte seine Marke: „Nur ein paar Fragen, Frau Leicht. Darf ich reinkommen?"

„Wenn's denn sein muß, bitte!" Es klang wenig freundlich, doch sie schloß die Tür, löste die Kette und ließ ihn eintreten. Donnerwetter, dachte er angesichts der in reinstem Biedermeier ausgestatteten Diele, bei weitem prächtiger als die Biedermeierecke im Wohnzimmer der Schwiegereltern, auf die sie so stolz waren. Die Schauspielerin bemerkte seinen Blick, sagte kühl: „Denken Sie nicht, daß mir das hier gehört. Ich wohne möbliert." Damit führte sie ihn in einen kleinen, im gleichen freundlich hellen Stil eingerichteten Salon. An den altrosa und weiß gestreiften Stofftapeten hingen Stiche mit historischen Stadtansichten. Nachdem beide Platz genommen hatten, begann sie: „Ich nehme an, daß Sie wegen des Todes von Regine Stallmach gekommen sind."

„Sie wissen?"

„Herr Stallmach hat mich heute mittag angerufen. Außerdem waren schon zweimal Reporter da, die mich sprechen wollten. Ich habe sie weggeschickt."

„Vernünftig. Ich wundere mich nur, wieso die so schnell auf Sie gekommen sind."

„Es gehört keine besondere Spürnase dazu, um herauszufinden, daß Frau Stallmach und ich bis vor einiger Zeit befreundet waren, ja, daß wir uns schon seit Jahren, seit unserer gemeinsamen Zeit auf der Schauspielschule kannten. Außerdem war über Regine, ihren damaligen Mann und mich im vergangenen Winter jede Menge in den Gazetten zu lesen. Da brauchen die Tintenkleckser nur in ihren Archiven zu kramen, und schon haben sie Stoff für die ganze nächste Woche."

Auf die Presse war sie nicht gut zu sprechen. Ihm konnte das nur recht sein. Während sie ihrem Unmut über die Praktiken gewisser Klatschjournalisten freien Lauf ließ, hatte er ausgiebig Gelegenheit, sie aufmerksam zu mustern, ohne unhöflich zu erscheinen. Eva-Maria Leicht war zweifellos eine bemerkenswert schöne Frau. Nicht nur aufregend gut gewachsen, mit langen Beinen und schlanken Hüften, wie er schon in der Diele festgestellt hatte, sondern auch im schmalen, blassen Gesicht von ungewöhnlicher Anmut: große, nachtdunkle Augen unter hoher, von schwarzen Locken umrahmter Stirn, dazu ein Mund, den einmal ein Kritiker, nicht unzutreffend, als „unverschämt sinnlich" bezeichnet hatte. Selbst wenn sie sich wie jetzt ereiferte, ging von ihr eine nur schwer zu beschreibende Faszination aus, der sich auch ein Kriminalkommissar kaum zu entziehen vermochte.

„Unser Archiv hätte uns in Ihrem Fall sicherlich im Stich gelassen", versuchte er zu scherzen, doch ihr Gesicht blieb ernst. „Inzwischen hat Herr Stallmach uns über seine Beziehungen zu Ihnen informiert."

„So? Und was hat er Ihnen gesagt? Ein Verhältnis hatten wir jedenfalls nicht."

„Ich habe keinen Grund, dies anzuzweifeln. Herr Stallmach hat sich im gleichen Sinn geäußert, wenn auch mit dem Ausdruck größten Bedauerns."

„Er wird's überleben."

„Immerhin haben Sie sich ihm gegenüber doch recht ungewöhnlich verhalten."

„Wieso? Und außerdem: Was hat das mit Regines Tod zu tun?" Die Schauspielerin öffnete ein handgeschnitztes

Kästchen, das auf dem Tisch stand, entnahm ihm eine Zigarette und sagte, mit einer einladenden Geste zu ihrem ungebetenen Gast: „Bitte!"

„Danke, ich bin gerade dabei, mir das Rauchen wieder einmal abzugewöhnen", sagte er und gab ihr Feuer. „Um Ihre Frage zu beantworten: Ich hoffe, es hat nichts miteinander zu tun. Ich versuche lediglich, mir ein Bild von der Toten und ihrem Umfeld zu machen, und dazu gehören selbstverständlich auch Herr Stallmach und Sie. Solange wir nicht wissen, ob dieser Todessturz ein Unfall, Selbstmord oder ein Verbrechen war, ziehen wir jede dieser Möglichkeiten in Betracht, das heißt, wir müssen uns auch für Dinge interessieren, die auf den ersten Blick nichts mit unserem Fall zu tun haben."

„Und da könnte, meinen Sie, meine Beziehung zu Herrn Stallmach aufschlußreich für Sie sein?"

„So ist es. Ich würde zum Beispiel gerne wissen, warum Sie, nachdem Herr Stallmach geschieden war, seinen Heiratsantrag abgelehnt haben, obwohl Sie diese Scheidung quasi zur Vorbedingung gemacht hatten? Oder stimmt es nicht, daß Sie sich seinem Drängen monatelang mit dem Argument verweigert haben, Sie würden sich niemals einem verheirateten Mann hingeben?"

„So verquast habe ich mich bestimmt nicht ausgedrückt! Und daß er's Ihnen erzählt hat, finden Sie das besonders geschmackvoll?"

„Ob geschmackvoll oder nicht, ich würde gerne von Ihnen hören, ob es zutrifft, und wenn ja, warum Sie ihm einen Korb gegeben haben, obwohl er nicht mehr verheiratet war."

„Nun, ich habe keinen Zweifel daran gelassen, daß ich niemals mit einem verheirateten Mann ins Bett gehen würde, und dabei bleibe ich auch. Andererseits habe ich nie gesagt, ich würde es tun, sobald er geschieden wäre, geschweige denn, ich würde ihn heiraten. Wenn er sich da falsche Hoffnungen gemacht hat, so ist das allein seine Schuld."

„Vielleicht, vielleicht auch nicht. Sofern ich Herrn Stallmach richtig verstanden habe, war die Schuld, wenn man von einer solchen überhaupt sprechen kann, nicht ganz so einseitig. Nach seiner Darstellung sollen Sie ihn auf seinen Antrag hin glatt ausgelacht und erklärt haben, daß alles nur ein Spiel war, ein Spiel mit dem Ziel, das Ehepaar Stallmach auseinanderzubringen. Warum?"

„Es waren private Gründe, und ich wüßte nicht, was mich veranlassen könnte, noch mehr dazu zu sagen." Ihre schönen Augen musterten ihn kühl. Wenn Blicke töten könnten, dachte der Kommissar, und zugleich warnte ihn sein Instinkt, daß es verkehrt wäre, sich mit dieser Auskunft zufriedenzugeben.

„Aber sicher können Sie mir sagen, wie sich Ihr Verhältnis zu Frau Stallmach nach der Scheidung entwickelt hat."

„Da ist nichts zu sagen, wir haben uns seit über einem halben Jahr nicht mehr gesehen."

„Nicht? Das ist sonderbar." Wiese genoß eine kleine Kunstpause, bevor er fortfuhr: „Ein junger Mann, der in der letzten Zeit mit Frau Stallmach eng befreundet war, hat uns da etwas ganz anderes erzählt. Danach sollen Sie erst vorige Woche in der Penthouse-Wohnung einen lautstarken Streit mit Frau Stallmach gehabt haben, in dessen Verlauf Ihre einstige Freundin Sie mehr oder weniger hinausgeworfen hat."

„Unsinn! Mich hat noch niemand hinausgeworfen."

„Der Zeuge beruft sich auf Frau Stallmach, und die soll Sie unmißverständlich zum Teufel gewünscht haben. Also, einen Streit hat es doch offenbar gegeben. Worum ging es? Und wieso haben Sie nach so langer Zeit Ihre frühere Freundin noch mal aufgesucht, und zwar wohlweislich erst nach der Scheidung? Könnte es nicht sein, daß Sie an Frau Stallmach schon immer ein weitergehendes Interesse hatten und aus diesem Grund ihre Ehe zerstörten? Doch als Sie sich endlich am Ziel wähnten, da mußten Sie erfahren, daß Ihre Rechnung nicht aufging, daß Regine Stallmach Ihre geheimen Wünsche keineswegs teilte oder jedenfalls nun nicht mehr teilte!"

Wiese hatte zuletzt immer schneller, immer eindringlicher gesprochen und dabei Frau Leicht keinen Moment aus den Augen gelassen. Doch statt nun, wie erwartet und insgeheim erhofft, Unsicherheit zu verraten oder gar völlig aus der Rolle zu fallen, sah sie ihn nur mit erstaunt emporgezogenen Brauen an, deutete wohl auch ein Kopfschütteln an und entgegnete schließlich, wobei ihre Stimme fast zu einem Flüstern herabsank: „Absurd, einfach absurd! Ihre Phantasie in Ehren, Herr Wiese, aber Sie irren, Sie liegen mit Ihren Vermutungen völlig schief."

„Ich will nicht ausschließen, daß ich mich irre, sowenig wie Herr Stallmach ausschließen wollte, daß zwischen Ihnen und seiner geschiedenen Frau eine lesbische Beziehung bestand oder zumindest von Ihnen angestrebt wurde."

„Herr Stallmach spinnt, entschuldigen Sie, aber so ist es!" Die Schauspielerin schien erst jetzt richtig empört. Ihre Augen blitzten, fast schien es ihr die Sprache zu verschlagen. „Ich weiß nicht", fuhr sie dann fort, „warum er Ihnen so einen Blödsinn erzählt, ich habe wirklich keine Ahnung, es sei denn, ja, gehört er vielleicht zu den Verdächtigen?"

„Kaum. Er war seit Dienstag in Hamburg und ist erst heute morgen zurückgekehrt."

„Ich weiß, er hat es mir vorhin selber erzählt. Allerdings hat er kein Wort über das verloren, was er Ihnen sonst noch aufgetischt hat. Man könnte direkt meinen, er hätte ein Interesse daran, mich verdächtig erscheinen zu lassen. Aber wozu? Was hätte das für einen Sinn?" Wieder machte sie eine kleine Pause, schien in tiefes Nachdenken versunken, und irritiert mußte sich der Kommissar sagen, daß diese Frau, falls sie ihm etwas vormachte, auch privat eine hervorragende Schauspielerin war. Doch ehe er die Frage stellen konnte, auf die er schon eine geraume Weile hinsteuerte, die entscheidende Frage nach ihrem Alibi, begann sie erneut: „Ich gebe zu, ich durchschaue nicht recht, was hier gespielt wird. Sei's drum, ich werde Ihnen sagen, wie das wirklich mit uns war, mit Regine und mir. Sie wissen, daß wir vor Jahren hier in Düsseldorf auf derselben Schauspielschule waren?"

„Sie erwähnten es bereits, außerdem fand es auch Herr Stallmach erwähnenswert."

„Was Sie wahrscheinlich nicht wissen: Regine war damals die Begabteste von uns allen, und zwar mit Abstand. Wenn sie die Julia sprach oder auch, was man doch eigentlich schon nicht mehr hören kann, das Gretchen der Kerkerszene, dann hat es uns jedesmal umgehauen, so unglaublich intensiv hat sie das gebracht. Daß dann nicht sie, sondern ich Karriere machte, ich begreif's heute noch nicht. Eine Kette von Zufällen, die es mit ihr nicht gut, mit mir um so besser meinten. Es fing mit einer Wurzen an, einer kleinen Rolle in einem Fernsehspiel, von da an ging's ständig aufwärts, und eh ich mich versah, war ich, was man in unserer Branche einen Star nennt."

Wiese glaubte es gern. Jetzt fiel ihm sogar der Titel der Fernsehserie ein: „Ein verücktes Haus, das war wohl Ihr größter Erfolg?"

„Ja, ein Dauerbrenner. Wir drehen schon wieder dreizehn neue Folgen. Trotzdem: Ich bin sicher, Regine hätte es mindestens so weit gebracht, wenn sie Schauspielerin geblieben wäre. Tatsächlich hatte sie am Theater zunächst nur Pech. Gleich ihr erstes Engagement in Göttingen endete vorzeitig, weil sie mit dem Intendanten nicht klarkam. Sie ging dann nach Frankfurt, aber ihr Selbstvertrauen war inzwischen schon so angeknackst, daß man ihr nur Nebenrollen gab. Erst in Hamburg schien sich eine Wende anzubahnen."

„Ach, ausgerechnet in Hamburg?"

„Ja, in Hamburg. Endlich fanden sich Regisseure, die sie richtig einsetzten, die ihr Rollen gaben, für die sie körperlich und vor allem seelisch alles mitbrachte. Mit der Hedwig in der Wildente schaffte sie den Durchbruch, das Publikum schloß sie in seine Arme, und die Presse feierte sie als Entdeckung des Jahres. Nun durfte sie sozusagen spielen, was sie wollte, hatte auch noch einen sensationellen

Erfolg mit einem O'Neill – oder war es Tennessee Williams? Wie auch immer, wenig später überraschte sie Kollegen und Öffentlichkeit mit ihrem Abschied von der Bühne. Ich erfuhr's aus der Zeitung. Auch den Grund: ihre Heirat mit einem Düsseldorfer Industriellen, der bis dahin nur als Playboy Schlagzeilen gemacht hatte. Ich spielte damals in Berlin Theater. Ich war entsetzt, schickte ihr sofort ein Telegramm und einen langen Brief hinterher. Die Antwort kam viele Wochen später als Kartengruß von den Bahamas: Bin sagenhaft glücklich, das Theater kann mich mal. In dem Stil."

„Des Menschen Wille ist sein Himmelreich", warf der Kommissar ein. „Aber Sie waren mit dieser Wendung nicht einverstanden und haben versucht . . ."

„Gar nichts habe ich versucht, Herr Wiese! Zugegeben, ich war enttäuscht, doch dann sagte ich mir – ganz in Ihrem Sinne – wie man sich bettet, so liegt man, wünschte meiner Freundin viel Glück und jede Menge Kinder und – ja, verlor sie dann für Jahre aus den Augen. Ich sah sie erst wieder, als ich vor knapp zweieinhalb Jahren hierher ans Theater zurückkehrte. Eines Abends im September, kurz nach Saisonbeginn, tauchte Regine nach der Vorstellung in meiner Garderobe auf, so zerbrechlich und scheu wirkend wie eh und je und eigentlich ohne jede Spur von, wie soll ich sagen, ja von fraulicher Reife. Ein Jungmädchengesicht, noch immer voll naiver Erwartung auf irgendein Wunder und zugleich kaum merklich überschattet von einer unbestimmbaren Traurigkeit."

Sie verstummte, schien ihren Worten oder dem Bild, das sie beschworen hatten, nachzusinnen. Für Wiese aber war es zugleich so etwas wie ein Bekenntnis zu einem Gefühl, das sie sich über alle Niederlagen und Zurückweisungen hinweg bis heute bewahrt hatte. Er fragte: „Die Ehe war also nicht glücklich?"

„Oh doch, zumindest machten sie in der ersten Zeit, als ich die beiden in ihrer Villa drüben in Meerbusch erlebte, keineswegs einen unglücklichen Eindruck. Ich weiß nicht mehr, wann Regine anfing, sich über ihre Situation zu beklagen, zunächst noch sehr zurückhaltend, sehr vorsichtig, doch nach und nach immer entschiedener, immer schärfer. Tenor dieser sich häufenden Ausbrüche: Sie empfand den Wohlstand, der sie umgab, mehr und mehr als Ballast, und das Leben, das sie führte, als im Grunde inhaltsleer. Mich dagegen beneidete sie ganz offen um meine Arbeit und meine Erfolge und gab die Schuld, daß sie sich um eine ähnliche Karriere gebracht hatte, ihrem Mann."

„Die Ehe blieb kinderlos. Vielleicht hat auch das eine Rolle gespielt?"

„Schon möglich. Ich sah es damals anders. Ich fand Herrn Stallmach durchaus nicht unsympathisch, aber er war auch für mich der Schuldige, der Regines Karriere zerstört hatte. Deshalb bestärkte ich sie in ihrem Groll gegen ihren Mann, zumal ich überzeugt war, daß eine so große Begabung nicht in eine verschwiegene Villa, sondern auf die Bühne gehörte. Schließlich kam ich auf die Idee, ich würde sie ans Theater zurückholen können, sofern es mir nur gelang, ihre nutzlose Ehe kaputtzumachen."

„Eine abenteuerliche Idee!" sagte Wiese und setzte in Gedanken hinzu: geradezu hirnrissig!

„Wieso? Der Einfall erschien mir damals durchaus logisch, heute natürlich nicht mehr, hinterher ist man ja immer klüger. Zunächst ließ sich alles prächtig an. Es war wirklich nicht schwer, Regines Mann für mich zu interessieren." Konrad Wiese nickte Zustimmung. Er dachte: Kein Wunder bei dem Aussehen. Da wäre wohl auch ein weniger anfälliger Typ als dieser verwöhnte Industriellensproß mit Playboy-Vergangenheit am Ende schwach geworden. „Im Verlauf einiger Monate brachte ich ihn dazu, sich erst von ihr zu trennen und schließlich sich scheiden zu lassen, und dann habe ich ihm, wie Sie richtig bemerkten, einen Korb gegeben. Sie werden es nicht verstehen, aber gerade bei einem Mann wie diesem, ich meine, bei einem ausgesprochenen Macho-Typ, hat mir das sogar unheimlichen Spaß gemacht."

„Gut. Und weiter? Während Ihres monatelangen Techtelmechtels mit Herrn Stallmach hatte sich doch seine Frau völlig von Ihnen zurückgezogen, verständlicherweise."

„Ja, und ich hielt das auch für das Beste. Um meinen Plan nicht zu gefährden, zog ich es vor, ihr nichts davon zu sagen. Erst nach der Scheidung habe ich mich wieder bei ihr gemeldet. Anfangs ohne Erfolg. Wenn sie meinen Namen hörte, hat sie sofort aufgelegt. Schließlich habe ich sie in ihrer Wohnung aufgesucht, unangemeldet, versteht sich. Ich habe ihr alles erklärt, so wie ich es Ihnen gerade erklärt habe, doch dann erlebte ich eine ähnlich herbe Enttäuschung wie Werner Stallmach mit mir: Regine dachte gar nicht daran, wieder Schauspielerin zu werden, das von der zerstörten Karriere wollte sie nun niemals ernst gemeint haben, sie habe es nur unter dem Eindruck meiner großen Erfolge gesagt. Ich erinnerte sie an ihre Klagen über ihren Mann. Das waren auf einmal nur noch momentane Verärgerungen, weil er sie vernachlässigt hatte. Im übrigen weinte sie ihm keine Träne nach, sondern war entschlossen, die neue Freiheit zu genießen und sich aufgrund der Unterhaltsregelung ein schönes Leben zu machen in völliger Unabhängigkeit."

„Wie sah denn diese Regelung aus?"

„Ich hab' sie nicht danach gefragt. Sicher ist, daß er ihr das Penthouse in der Brehmstraße überlassen hat und daß er ihr jeden Monat ein hübsches Sümmchen zahlen muß. Zuletzt sagte sie triumphierend: Keine Sorgen, keine Pflichten, keine Verantwortung, was will ich mehr!"

„Ja, was wollte sie mehr? Sie hatte wohl alles, was sie sich wünschte. Und eigentlich keinen Grund, sich das Leben zu nehmen, oder wissen Sie einen?" Eva-Maria Leicht schüttelte den Kopf. „Und Ihre Aussprache, wenn ich es mal so nennen darf, endete damit, daß Frau Stallmach Ihnen die Tür wies?"

„So ist es."

Die Schauspielerin schwieg, und der Kommissar ließ

eine Weile verstreichen, ehe er unvermittelt die Frage stellte: „Wo waren Sie letzte Nacht um elf?"

Sie wich seinem Blick nicht aus. Um ihren aufregenden Mund spielte ein kleines Lächeln, als sie entgegnete: „Auf diese Frage habe ich gewartet. Die Tatzeit, nicht wahr? Und ich habe dafür kein Alibi." Sie schien auf eine Reaktion gefaßt, doch er ließ keine erkennen. „Die Vorstellung war gegen halb elf zu Ende, etwa eine Viertelstunde später verließ ich das Theater und ging auf Umwegen nach Hause."

„Auf Umwegen? Warum?"

„Das mach ich öfter, um abzuschalten. Ich hab's ja an sich nicht weit bis hierher. Ich nehme an, daß ich erst nach halb zwölf zu Hause war, kann's aber nicht mit Bestimmtheit sagen."

„Und gesehen hat sie niemand? Ich meine, Sie haben unterwegs keinen Bekannten getroffen?"

„Einen Bekannten? Nein. Möglich natürlich, daß mich jemand erkannt hat, aber davon habe ich ja nichts."

„Das ist noch die Frage. Man könnte es publik machen, durch Presse, Rundfunk, Fernsehen. Vielleicht meldet sich dann ein Zeuge, dem die prominente Schauspielerin gestern am späten Abend irgendwo in der Stadt aufgefallen ist."

„Wie reizend! Ich sehe schon die Schlagzeilen der Boulevardblätter: Eva-Maria Leicht unter Mordverdacht. Die bekannte Schauspielerin ohne Alibi. Ihre einzige Chance: Hat jemand sie auf dem Heimweg gesehen?"

„Verzeihung, Frau Leicht, noch stehen Sie nicht unter Mordverdacht."

„Was sich schnell ändern kann, nicht wahr? Ich habe mal in einem Kriminalstück eine Giftmörderin gespielt, die hatte sogar ein einwandfreies Alibi. Sie sah schon wie die sichere Siegerin aus, da stellte ihr der Kommissar, letzter Akt, letzte Szene, eine Fangfrage, und weil sie in Gedanken schon bei ihrem Liebhaber ist, demzuliebe sie ihren Mann umgebracht hat, fällt sie prompt darauf rein. Eine dankbare Rolle, allerdings nur auf der Bühne – oder im Film." Sie lächelte nicht mehr, musterte ihn ernst: „Ich fürchte, es sieht nicht gut aus für mich. Aber ich brauche wohl nicht gleich mitzukommen?"

„Nein, das brauchen Sie nicht. Andererseits haben Sie recht: Es sieht wirklich nicht gut für Sie aus. Kein Alibi, und dann erzählen Sie mir diese märchenhafte Geschichte, warum Sie in die Stallmachsche Ehe eingebrochen sein wollen. Sie müssen zugeben: Da bleiben viele Fragen offen." Er erhob sich. „Lassen Sie sich alles noch mal durch den Kopf gehen, vielleicht fällt Ihnen dabei das eine oder andere ein. Hier haben Sie meine Karte. Für den wünschenswerten Fall, daß Sie mir etwas Wichtiges mitzuteilen haben."

V.

Eine halbe Stunde später stieß Konrad Wiese im Hauptportal des Präsidiums fast mit Lutz Eigenbrodt zusammen. „Wohin so schnell?" fragte er und hielt ihn an der Schulter zurück.

„Messerstecherei in einem Lokal in der Charlottenstraße. Oberkommissar Schwan schickt mich."

„Was Neues aus Hamburg wegen Stallmachs Alibi?"

„Herr Düren weiß Bescheid."

„Danke, bis nachher dann!" Endlich mal ein neuer Kollege, mit dem man keinen Ärger hatte. Ärgerlich nur, daß Kollege Schwan ihn sich ausgeborgt hatte. Andererseits, bei der Personalmisere ... Er sah dem jungen Kriminalmeister nach, wie er in einen Streifenwagen stieg, und setzte gut gelaunt seinen Weg fort. Im Vorzimmer empfing ihn aufgeregt Frau Löffelholz mit der Nachricht, daß Kriminaldirektor Vandenberg ihn dringend zu sprechen wünsche. Wiese sagte lächelnd: „Okay, wird gemacht!" und verschwand in seinem Zimmer.

45

„Der Vandenberg spielt mal wieder verrückt", begrüßte ihn Pit Düren, der auf ihn gewartet hatte.

Der Kommissar winkte ab, wählte die Nummer seines Chefs, meldete sich, und sogleich ergoß sich sturzflutartig, wie üblich, Oskar Vandenbergs Redeschwall über ihn: „Mein Gott, Wiese, wo stecken Sie denn bloß, ich suche Sie schon seit Stunden, keiner kann mir eine vernünftige Auskunft geben, immer heißt es, es geht um den Fall Regine Stallmach, dabei dreht es sich, wenn ich recht unterrichtet bin, um Unfall oder Freitod, das herauszufinden kann doch keine unlösbare Aufgabe sein, wieso müssen Sie da persönlich ermitteln, außerdem noch zwei Ihrer Leute, man könnte meinen, Sie seien dem geheimnisvollsten Verbrechen des Jahrhunderts auf der Spur."

Wiese hielt den Hörer mit der Linken zwei Handbreit vom Ohr ab, während er mit der Rechten in seiner typischen Art Brauen und Schläfen massierte. Endlich konnte er ein kurzes Atemholen Vandenbergs zur Erwiderung nutzen: „Noch deutet vieles darauf hin, daß es sich um Unfall oder Freitod handelt. Wir können jedoch die Möglichkeit nicht ausschließen, daß ein Verbrechen vorliegt, und zwar in diesem Fall ein ungewöhnlich raffinierter Mord."

„Und warum erfahre ich das erst jetzt? Der offizielle Bericht sagt nichts darüber."

„Mit gutem Grund. Wir wollen bei der Presse keine schlafenden Hunde wecken, solange unklar ist, ob wir es mit einem Verbrechen zu tun haben oder nicht. Ich wollte Sie heute vormittag noch informieren, aber Sie waren ja bis Mittag nicht erreichbar."

„Ich konnte Ihretwegen schlecht die Sitzung im Innenministerium sausen lassen. Und am Nachmittag hätte mich ja Herr Düren unterrichten können. Also fürs nächstemal bitte etwas mehr Kooperationsbereitschaft!"

Erleichtert legte Wiese den Hörer auf die Gabel, begegnete Pits spöttisch erwartungsvollem Blick, verzog den Mund zu einem halben Grinsen und sagte: „Ihro Gnaden sind ungehalten ob unserer schleppenden Informationspolitik."

„Und was sagt er zu unserem Bankräuber?"

„Kein Wort, wieso?"

„Mann, ist das 'ne trübe Tasse! Vor 'ner halben Stunde hat er unsere Erfolgsmeldung bekommen: Täter gefaßt, Beute komplett sichergstellt. Übrigens ein armes Würstchen, Anfang Fünfzig, seit über einem Jahr arbeitslos, wahrscheinlich zum erstenmal in seinem Leben auf der schiefen Bahn und gleich ausgerutscht. Genosse Schwan hat ihn jetzt in der Mangel."

„Nicht zu beneiden", sagte Wiese und ließ offen, wen er damit meinte. „Doch jetzt zu uns. Komm, setz dich hier mit ran."

Während der Kriminalhauptmeister seinen Stuhl näher heranzog, begann der Kommissar, auf einem Blatt mit groben Strichen ein sternförmiges Gebilde zu skizzieren: In der Mitte einen Kreis mit einem Kreuz drin, von dem sechs Linien zu sechs Kästchen führten, die er mit entsprechenden Ziffern versah.

„So, nun wollen wir mal so tun, als ginge es eindeutig um Mord. Hier", er deutete auf das Kreuz, „haben wir das Opfer, Regine Stallmach, Tatzeit – wahrscheinlich 23.09 Uhr. Nun die Tatverdächtigen. Oben links als Nummer eins Werner Stallmach, rechts daneben Eva-Maria Leicht. Mitte links als Nummer drei Rudi Brinkmann und daneben Frau Kleinert. Bleiben zwei Kästchen vorläufig frei, für den oder die großen Unbekannten." Er schaute kurz auf, aber Düren sagte nichts. „Laß uns jetzt mal überlegen, was für und was gegen unsere vier Kandidaten spricht."

„Kandidaten? Nicht schlecht, Kaweh. Wer das Rennen macht, ist hier der große Verlierer."

„Vielleicht Werner Stallmach? Er kannte das Opfer sicherlich am besten, wußte auch in der Wohnung Bescheid. Was fehlt, ist ein erkennbares Motiv." Ja, wenn er die Leicht umgebracht hätte, auf die war er stocksauer, und das mit Grund! Doch diesen Gedanken sprach Wiese nicht aus, fragte vielmehr: „Was macht die Überprüfung seines Alibis?"

„Die Hamburger wollten es noch nicht definitiv bestätigen, auf jeden Fall stimmt das mit der Pension und das mit dem Zigeunerbaron in der Oper. Herr Stallmach hat übrigens vorhin angerufen: Die Theaterkarte hat sich eingefunden."

„Trotzdem zögern die Hamburger?"

„Eigenbrodt ist nicht recht schlau draus geworden. Anscheinend gibt es noch einen unklaren Punkt, den sie erst checken wollen, bevor sie ihr Okay geben."

„Na, besser pingelig als eine schlampige Recherche, die sich hinterher als falsch herausstellt. Kommen wir zur Nummer zwo. Alles, was recht ist, Pit, diese Schauspielerin ist eine ungewöhnliche Frau, ohne Quatsch, faszinierend und voller Rätsel."

Nach dieser kleinen Abschweifung, die Düren mit einem überraschten „Oho!" quittierte, berichtete der Kommissar, was er bei seinem Besuch in der Goltsteinstraße erfahren hatte.

„Keine Frage, eine phantastische Geschichte, obwohl in sich schlüssig. Wenn man nur wüßte, wie es die Dame mit der Wahrheit hält."

„Das ist der Punkt. Ich weiß einfach nicht, was ich von ihr halten soll." Falsch! dachte Wiese. Eigentlich bin ich ziemlich sicher, daß sie mir etwas vormacht, aber das sagt mir nur mein Instinkt, ich kann es nicht beweisen, ich habe nichts gegen sie in der Hand als mein Gefühl, das mich warnt, mich von ihrer Schönheit und ihren schillernden Lügen blenden zu lassen. Laut dachte er weiter: „Auch wenn sie es bestreitet, ich werde den Verdacht nicht los, daß es zwischen den beiden Frauen eine lesbische Beziehung gegeben hat, zumindest eine Zeitlang, vielleicht auch nur als Wunschvorstellung von Frau Leicht. Doch nach der Scheidung entwickelten sich die Dinge absolut nicht nach ihren Wünschen: Regine Stallmach dachte gar nicht daran, ihren Mann gegen eine Frau einzutauschen, statt dessen suchte sie sich einen neuen Partner, Herrn Brinkmann. Das muß unsere Schauspielerin hart getroffen haben."

Woher wollte er das eigentlich wissen? Was verstand er denn schon von den Problemen lesbischer Frauen? Und worauf stützte sich seine Annahme, die doch von Gewißheit meilenweit entfernt war, daß Eva-Maria Leicht eine Lesbe war? Nur weil seine Tochter seit einiger Zeit ein Verhältnis mit einer Frau hatte und sich darüber in ihren Briefen ungeniert äußerte, empfand er sich plötzlich als sachkundig? Oder spielte hier noch etwas ganz anderes eine Rolle?

„Einverstanden, Kaweh, das könnte ein Motiv abgeben: Enttäuschung und Wut über die Freundin, die nicht so will, wie die Leicht sich das dachte. Verschmähte Liebe als Motor für die Tat, warum nicht? Nur, wie soll sie den Mord ausgeführt haben? Die Freundin hinterrücks erschlagen? Und womit?"

„Vielleicht gar nicht erschlagen. Ich könnte mir denken, sie hat Regine Stallmach noch einmal zur Rede gestellt, hat sie angefleht, den Brinkmann sausen zu lassen, aber sie wurde nur ausgelacht. Da ist sie auf die Terrasse gerannt, hat gedroht, sich hinunterzustürzen, Regine hinterher, versucht, die Schauspielerin zurückzuhalten, ein Stoß, und sie selber stürzt in den Tod."

„Und der Schrei? Bestimmt hat sie dabei geschrien, doch niemand hat etwas gehört. Und angenommen, es war so, wie du sagst: Wie können wir es beweisen? Wie sie als Täterin überführen, geschweige denn zum Geständnis bringen?"

„Möglicherweise niemals, und wahrscheinlich weiß sie das. Ich sehe nur eine Chance: Morgen wird die Geschichte von dem Todessturz in allen Zeitungen stehen, und es wird von Unfall oder Selbstmord die Rede sein. Vielleicht meldet sich ein Zeuge aus der Nachbarschaft, der etwas ganz anderes gesehen oder gehört hat."

„Ich weiß nicht. Die Nacht war dunkel, kein Sternenhimmel, kein Mondschein. Falls wirklich jemand einen Schrei gehört haben will, bringt uns das kaum weiter. Auch bei einem Unfall, das heißt, wenn Frau Stallmach sich zu weit vorgebeugt und das Gleichgewicht verloren haben sollte, hat sie im Sturz bestimmt geschrien."

„Da hast du recht, Pit. Es müßte also jemand sein, der bezeugen kann, daß zwei Menschen auf der Terrasse waren. Auf jeden Fall müßte er zwei Stimmen, und zwar zwei sehr erregte Stimme und dann den Schrei der Stürzenden gehört haben."

„Selbst dann dürfte es schwer sein, Frau Leicht nachzuweisen, daß sie die zweite Person auf der Terrasse war."

„So ist es, leider. Damit sind wir schon bei der Nummer drei, dem Medizinstudenten Rudi Brinkmann." Auch hier informierte Wiese seinen Kollegen zunächst über das Ergebnis seiner Befragung. „Ein sympathischer junger Mann, auch der geschwätzige Hausmeister war dieser Meinung. Was seine Amouren angeht, so scheint er ein Faible für reifere Partnerinnen zu haben. Und wie die Leicht, hat er für die Tatzeit kein überprüfbares Alibi. Seine Schilderung der nächtlichen Fahrt nach Gerresheim und der verspäteten Heimkehr hat den Nachteil, daß es dafür keine Zeugen gibt. Die tauchen erst auf, als Regine Stallmach bereits tot ist. Falls sie hinuntergestürzt wurde, kann auch Brinkmann der Täter sein. Hast du seine Angaben in der Schumann-Klause nachgeprüft?"

„Ja, sie treffen wohl im wesentlichen zu. Unmittelbar nach dem Telefongespräch ist er in großer Erregung aus dem Lokal gestürmt und zu seinem in der Nähe geparkten Wagen gerannt. Der Wirt meinte, es hätten noch gut zehn Minuten gefehlt. Er schien etwas sauer, denn Brinkmanns Dienst am Piano endet eigentlich nie vor elf, meist wird es erheblich später. Übrigens hat Frau Stallmach noch einmal in dem Lokal angerufen, doch da war ihr Freund bereits weg."

„Wann war das?"

„Der Wirt meinte, kurz nach elf."

„Wenn wir bei 23.09 Uhr als Tatzeit bleiben, hatte Brinkmann Zeit genug, seine Freundin umzubringen."

„Die Zeit vielleicht, aber auch die Kaltblütigkeit? Und das Motiv? Was für einen Grund sollte er haben, seine Freundin, mit der er ja erst seit ein paar Wochen liiert war, umzubringen? Dieser Vorfall in der Kneipe, ich meine die Eifersuchtsszene und daß sie zornig davongerauscht ist, das kann man doch kaum ernst nehmen. So was soll ja auch unter Leuten gesetzteren Alters vorkommen."

Wiese zuckte die Achseln. „Wenn ich das wüßte, wären wir ein gutes Stück weiter. Was haben denn die Nachforschungen zum Komplex Kaiserstraße ergeben?"

„Also, es trifft zu, daß es in einem der Hochhäuser innerhalb von nicht mal zwölf Monaten zwei Todesstürze gegeben hat. In einem Fall war es eindeutig Selbstmord, eine alleinstehende Frau, deren Mann ein halbes Jahr zuvor gestorben war und die auch einen Abschiedsbrief hinterlassen hat. Der andere Fall ist komplizierter: Eine junge Psychologiestudentin, die allein in einem Apartment wohnte. Es gab hier keinen Abschiedsbrief, doch nach übereinstimmenden Aussagen von Kommilitonen und einem Arzt, in dessen Behandlung sie war, litt sie an Depressionen."

„Und Brinkmann wohnte zur selben Zeit in diesem Haus?"

„Nein, er hat zwar in der Kaiserstraße bis Ende Mai gewohnt, aber in einem anderen Hochhaus. Zeitlich haut es allerdings einigermaßen hin, das heißt, es überlappt sich. Eine Zeitlang waren er und die Studentin tatsächlich so etwas wie Nachbarn, das war im vergangenen Herbst."

„Vor einem Jahr? Da fing Brinkmann gerade sein Studium an, erstes Semester."

„Eigenbrodt könnte versuchen herauszubekommen, ob die beiden sich gekannt haben."

„Gute Idee. Und heute abend soll er sich in der Schumann-Klause umschauen. Einfach beobachten, was unser Pianist da für 'n Eindruck macht, ob deprimiert oder schon wieder obenauf, und was für Kontakte er unter den Gästen hat."

„Insbesondere zu den weiblichen, vermute ich."

„Nicht unbedingt." Wiese sagte es lachend und mußte doch sofort an Karin denken, ebenso alt wie Brinkmann und auf einen ähnlich lockeren Typ hereingefallen. Diese Freundin, von der sie schrieb, war sicherlich nur eine Art Ersatz, Buchhändlerin oder Bibliothekarin, hatte wohl auch studiert und mit irgendeinem Diplom abgschlossen, aber keinen akademischen Grad erworben. Und genau davon hatte Karin, als sie noch zur Schule ging, immer laut geträumt, und nach dem glanzvollen Abitur stand für sie fest: Studium und Promotion, in spätestens vier Jahren würde es heißen: Dr. phil. Karin Wiese.

Ihm wäre es ja recht gewesen, nur seine Frau hatte stets abgewinkt und gewarnt: Karin, Karin, du mit deinen ewigen Rosinen im Kopf, hast du's nicht mal 'ne Nummer kleiner? Was würde sie wohl heute sagen, wo von Promotion oder sonst einem Examen schon lange nicht mehr die Rede war, sowenig wie von der Aussicht, dereinst mal als Lehrerin an eine Oberschule zu gehen? Schon im zweiten Semester hatte sie diesen Fleschen kennengelernt und seitdem ihr Studium mehr und mehr vernachlässigt, um ihm um so intensiver bei seinen Arbeiten helfen zu können. Willkommene Hilfe – bis zu seinem 2. Staatsexamen. Dann brauchte der fertige Jurist sie nicht mehr. Ob Brinkmann auch so einer war wie dieser Fleschen?

Der Kommissar, gedankenverloren vor sich hin starrend, schrak zusammen, nahm plötzlich wieder die Skizze vor seinen Augen wahr und sagte, auf das Kästchen mit der Vier deutend: „Du hast ja mit Frau Kleinert kurz gesprochen. Ich habe nur über sie reden hören, genug, um auch sie verdächtig erscheinen zu lassen." Und er erläuterte seine Mutmaßungen, nicht ohne den anonymen Brief zu erwähnen. „Wir werden wohl kaum um einen neuerlichen Besuch in der Brehmstraße herumkommen. Aber nicht mehr heute. Bleiben der oder die große Unbekannte: Hast du dazu schon eine Idee?"

„Also nun wirklich nicht, Kaweh! Da müßtest du schon einen aus dem Hut zaubern."

„Immerhin soll es ja vorkommen, daß einer, an den kein Mensch auch nur im Traum gedacht hat, sich am Ende als Täter entpuppt."

„Aber ja doch, im Fernsehen. Wie wär's in unserm Fall mit dem Hausmeister?"

„Warum nicht? Es muß ja nicht immer der Gärtner sein."

VI.

Auf dem Weg zur Bushaltestelle erinnerte sich Konrad Wiese, daß er zu Hause kein Brot mehr hatte. Den Zettel mit der vorsorglichen Mahnung „Brot, Cracker und Käsegebäck", versehen mit drei Ausrufezeichen, hatte er natürlich wieder verkramt. Er schaute auf die Uhr: Zwanzig vor sieben, zu spät! Verdammtes Ladenschlußgesetz, nicht zum erstenmal fühlte er sich als Opfer dieser staatlichen Willkürmaßnahme. Er überlegte: Cracker und Käsegebäck brauchte er erst am Wochenende, aber ohne Brot war er aufgeschmissen. Und die Schwiegereltern, in deren Haus er wohnte, waren seit zwei Wochen auf Mallorca. Kurz entschlossen schlug er die Richtung zum Graf-Adolf-Platz ein, wo er ein gemütliches Restaurant kannte, in dem er gelegentlich, wenn er keine Lust auf das Essen in der Polizeikantine verspürte, einen kleinen Imbiß zu sich nahm.

Das Bier kam, kaum daß er es bestellt hatte. Während er dann auf den Zwiebelrostbraten wartete, entdeckte er an der Wand neben dem Buffet mehrere Plakate, von denen ihm eines sofort ins Auge stach, denn auf die Entfernung konnte er nur zwei besonders groß gedruckte Zeilen entziffern: den Titel des Stücks „Der ewige Zweite" und den Namen der Hauptdarstellerin Eva-Maria Leicht. Wieso war ihm das Plakat früher nie aufgefallen? Wahrscheinlich hing es da schon seit vielen Wochen. Hatte er nicht erst kürzlich etwas von der 50. Aufführung dieses Erfolgsstücks gelesen?

Als er eine dreiviertel Stunde später das Lokal verließ, in bester Laune, denn das Essen hatte ihn mit den Scherereien und den im Ergebnis eher enttäuschenden Unternehmungen des Tages versöhnt, da war sein Entschluß längst gefaßt: Er würde sich diese Komödie anschauen und die verdächtige Nummer zwo, Eva-Maria Leicht, auf der Bühne agieren sehen. Vielleicht half ihm die Zuschauerperspektive, sich ein unbefangeneres Bild von der Schauspielerin zu machen, als es ihm bei der Befragung in ihrer Wohnung möglich gewesen war. Den Einwand, daß diese Überlegung reichlich weit hergeholt und sein Interesse an der schönen Dame womöglich nicht nur kriminalistischer Natur sei, wischte er unwillig mit dem Argument beiseite, daß es sich schließlich um einen immer noch ungeklärten, ja höchst rätselhaften Fall eines gewaltsamen Todes handele, den aufzuklären er allerdings finster entschlossen sei, notfalls auch mit unkonventionellen Mitteln wie diesem Theaterbesuch.

Solchermaßen eigene Bedenken bereits im Ansatz zerredend, erreichte er kurz nach acht das Theater. Mit ihm drängten eine Menge Menschen in den Vorraum, doch als er sich der Kasse näherte, mußte er feststellen, daß die Vorstellung ausverkauft war. Die Leute, die trotzdem zur Kasse gingen, hatten offenbar Karten vorbestellt, manche warteten wohl auch darauf, daß die eine oder andere Karte nicht abgeholt wurde. Unschlüssig blieb er neben dem Eingang stehen, ertappte sich wieder einmal bei der zur Manie gewordenen Angewohnheit, Brauen und Schläfen zu massieren, ließ die Hand sinken und wandte sich eben zum Gehen, als ihn eine junge Dame fast umrannte.

„Verzeihung", sagte sie, heftig atmend, „brauchen Sie vielleicht noch eine Karte?"

„Und ob, Sie kommen mir wie gerufen!"

„Mein Mann ist leider verhindert", erklärte sie und suchte aufgeregt in ihrer Handtasche. „Er ist Arzt."

„Das kenn ich, ist mir nicht nur einmal passiert."

„Ach, sind Sie auch Arzt?"

„Das nicht, aber wie Ihr Mann oft genug Opfer meines Berufs."

Wie es schien, hörte ihm die Dame gar nicht zu, sie war voll und ganz mit der Suche nach den Theaterkarten beschäftigt.

„Wo hab ich sie denn bloß?" murmelte sie. Doch dann atmete sie hörbar auf: „Na endlich, hier sind sie ja!"

Dankend nahm er eine der beiden Karten, fragte: „Was bekommen Sie?"

„Vierzig."

Nicht gerade ein billiges Vergnügen, dachte er. Erst dann schaute er genauer hin: Ein Platz in der zweiten Reihe! Für einen Moment spürte er ein leichtes Unbehagen. Eigentlich hatte er mehr an einen Platz im Hintergrund gedacht, nicht so weit vorn, fast unmittelbar an der Rampe, gewissermaßen auf dem Präsentierteller – jedenfalls für die Schauspieler, die, sofern sie einen überhaupt wahrnahmen und nicht irgendwohin ins Leere starrten, ein bekanntes Gesicht mit großer Wahrscheinlichkeit erkennen würden. Und genau daran war ihm nicht gelegen. Nein, Frau Leicht sollte nicht unbedingt merken, daß er sich unter den Zuschauern befand.

Sein Zögern fiel auf. „Ist es Ihnen zuviel? Sie müssen die Karte nicht nehmen, ich kann sie auch . . ."

„Nein, nein", unterbrach er die junge Frau und ärgerte sich im selben Augenblick über seine Inkonsequenz. Schließlich sollte es ihm egal sein, für jemand gehalten zu werden, der sich einen teuren Platz nicht leisten konnte. „Kommen Sie nicht mit?" fragte sie, nachdem er ihr das Geld gegeben hatte.

„Ich muß noch rasch telefonieren, gehen Sie nur schon."

Natürlich war die einzige Telefonzelle im Vorraum besetzt. Er glaubte sich zu erinnern, draußen, gegenüber dem Theater, zwei Zellen gesehen zu haben. Tatsächlich gab es sie, und eine war sogar frei. Im Präsidium sagte er Bescheid, daß er in den nächsten zwei Stunden nicht erreichbar wäre, er würde sich später noch mal melden. Warum gab er nicht das Theater an? Ach, die brauchten nicht immer zu wissen, wo man sich gerade aufhielt. Im Fall Stallmach war für diesen Abend kaum etwas Neues zu erwarten. Und außerdem hatte man wohl noch ein Recht auf ein Privatleben, oder nicht? Während er mit energischen Schritten ins Theater zurückkehrte, gelang es ihm nicht ganz, die Frage zu unterdrücken, ob sein Interesse für den „Ewigen Zweiten" und die Schauspielerin Leicht mehr dienstlich oder mehr privat begründet war.

„Macht eine Mark", sagte die Garderobenfrau und nahm ihm den Mantel ab. Kurz darauf, das Licht im Saal wurde bereits zusehends schwächer, zwängte er sich durch die Stuhlreihen und setzte sich auf den letzten freien Platz neben der jungen Arztfrau.

„Kein schlechter Platz", flüsterte er ihr zu. „Hoffentlich ist das Stück auch so gut."

„Da hab ich keine Angst", flüsterte sie zurück. „Kann gar nicht schiefgehen – bei der Besetzung!"

Sie sollte recht behalten. Das Stück, eine frech-frivole Dreieckskomödie, lebte von der Situationskomik und vor allem vom spritzigen, pointensicheren Dialog, den Eva-Maria Leicht und ihre beiden männlichen Partner so gekonnt servierten, daß das Publikum – inklusive Hauptkommissar Wiese – nur selten aus dem Lachen herauskam. Allerdings legte sich auf seine heitere Stimmung gelegentlich ein Schatten, dann nämlich, wenn die Leicht ihn direkt anzusehen schien und ihn unter ihrem aufmerksamen Blick ein ziemlich unbehagliches Gefühl beschlich: Hatte sie ihn nun erkannt oder nicht?

Aus dieser Ungewißheit wurde er erlöst, als er zum Ende der Pause mit der jungen Dame aus dem Foyer in den Saal zurückkehrte und die für die zweite Stuhlreihe zuständige Türschließerin, die Zuschauer musternd, ihn mit der geflüsterten Frage empfing: „Herr Wiese?", und als er erstaunt bejahte, ihm einen Brief überreichte. Keinen Moment zweifelte er, von wem er kam: Eva-Maria Leicht hatte ihn also erkannt.

Seine Platznachbarin hatte den Vorfall nicht mitbekommen, schaute dennoch etwas verwundert, als er sich setzte und den Brief öffnete. Im Umschlag steckte nur eine Karte mit dem lakonischen Text: Erwarte Sie nach der Vorstellung am Bühneneingang. Danke. Leicht.

Im selben Augenblick begann die Saalbeleuchtung dunkler zu werden und erlosch endlich ganz. Die Komödie konnte weitergehen, doch Wiese achtete kaum mehr auf den Inhalt. Er war plötzlich hellwach. Am Bühnengeschehen interessierte ihn jetzt nur noch das Spiel der Leicht. Wirkte sie tatsächlich so souverän, wie man es ihr nachrühmte? Waren da nicht kleine Unsicherheiten, Unaufmerksamkeiten, Konzentrationsschwächen, die ihr selbstbewußtes Auftreten am Nachmittag nachträglich als Komödie entlarvten? Doch so aufmerksam er ihre Darstellung und vor allem ihr Sprechen verfolgte, er blieb im unklaren über ihre wahre Seelenlage. Da verriet keine fahrige Bewegung, kein verrutschter Ton, was außerhalb ihres Rollenspiels in ihr vorging, vorgehen mußte, wenn sein Verdacht nicht völlig aus der Luft gegriffen war, wenn es vielmehr zutraf, daß diese unheimlich faszinierende Frau vor nicht einmal vierundzwanzig Stunden ihre einstige Freundin kaltblütig, vielleicht auch im Affekt, auf jeden Fall ohne Skrupel vom Leben zum Tode befördert hatte.

Als das Licht wieder anging und die Leicht mit ihren beiden Partnern vor den Vorhang trat, sah sich Wiese inmitten eines begeisterten Publikums, das stehend Beifall klatschte und Bravo rief, und auch er selbst hatte sich erhoben, bedankte sich noch einmal bei seiner Nachbarin für den prächtigen Platz und bestätigte ihr, daß ihm der Abend ausnehmend gut gefallen habe. Dabei begegnete er ein-, zweimal dem forschenden, ja geradezu eindringlichen Blick der Schauspielerin, die sich immer wieder lächelnd verneigte und mit geübter Geste ihre Partner in die Ovationen mit einbezog.

Endlich, Wiese hatte die Vorhänge nicht gezählt, ebbte der Beifall langsam ab, und mehr und mehr drängte das Publikum hinaus, bildete im Foyer dichte Menschentrauben vor den Garderoben. Angesichts der Telefonzelle, die gerade frei wurde, verabschiedete er sich etwas überstürzt von der jungen Arztfrau mit der Erklärung, er müsse leider noch einmal dringend telefonieren. Er glaubte, in ihrem Gesicht eine leichte Enttäuschung zu lesen. Unter anderen Umständen hätte er möglicherweise versucht, den gelungenen Abend gemeinsam in einem netten Lokal fortzusetzen, schließlich war er ja mit Hannelore nicht verheiratet, doch seit er wußte, daß die Leicht ihn zu sprechen wünschte, fühlte er sich wieder ganz im Dienst.

Im Präsidium erfuhr er, daß sich inzwischen, wie erwartet, nichts Neues in der Sache Stallmach ergeben hatte. Lediglich Eigenbrodt hatte um halb neun gemeldet, er werde bis gegen elf in der Schumann-Klause sein. Von Düren keine Nachricht. Wiese ließ sich trotzdem in eine längere Plauderei mit dem Nachtdiensthabenden ein, während er beobachtete, wie sich das Foyer allmählich leerte. Schließlich unterbrach er den Kollegen, wünschte ihm eine gute Nacht und legte auf. Nachdem er noch kurz die Toilette aufgesucht hatte, ließ er sich als einer der letzten seinen Mantel geben, betrachtete eine Weile die Szenenfotos und Schauspielerporträts im Foyer und verließ endlich gemächlichen Schritts das Theater.

Vor dem Bühneneingang brauchte er nicht lange zu warten. Frau Leicht hatte sich offensichtlich beeilt, denn sie erschien noch vor ihren Partnern. Seinen höflichen Gruß beantwortete sie mit der Feststellung: „Ich vermute, Sie wollten mich sowieso sprechen. Da bin ich Ihnen zuvorgekommen."

„Irrtum, ich wollte Sie nicht sprechen, ich hatte ja erst heute nachmittag das Vergnügen."

„Und warum waren Sie dann in der Vorstellung?"

„Vielleicht aus einem gewissen Interesse an Ihrer Person."

„Ein kriminalistisches Interesse?"

„Wollen wir das hier im Stehen erörtern?"

„Sie haben recht. Sind Sie mit dem Wagen da?"

„Nein, ich bin ja nicht eigentlich im Dienst. Und privat ziehe ich die öffentlichen Verkehrsmittel vor oder gehe zu Fuß – wie Sie."

„Nur wenn das Wetter es erlaubt, sonst fahre ich Taxe. Wohnen Sie denn hier in der Gegend?"

„Nein, in Oberkassel. Vom Präsidium sind es mit dem Bus zwei Stationen, ein Klacks. Und auch von hier bin ich mit der Straßenbahn in zehn Minuten drüben. Aber ich bringe Sie gerne nach Haus."

„Ach, Sie möchten wissen, welchen Weg ich gestern gegangen bin? Das könnte ich Ihnen beim besten Willen nicht mehr sagen. Zu mir nach Hause geht's jedenfalls hier lang."

Er folgte ihr in der angedeuteten Richtung, hielt sich, fast auf Tuchfühlung, zu ihrer Linken, sagte: „Sie irren sich wieder, Frau Leicht. Wenn sie gestern nacht in der Brehmstraße waren, dann haben Sie natürlich ein Taxi genommen oder die Straßenbahn. Vielleicht möchten Sie lieber irgendwo einkehren?"

„Danke, da ist es schon besser, Sie begleiten mich nach Hause. O Verzeihung, ich meine das nur mit Rücksicht auf Sie. In einem Lokal ist immer damit zu rechnen, daß jemand mich erkennt und sich sofort für meinen Begleiter interessiert."

Wiese fand, daß ihn dies kaum stören würde, doch da bremste ihn noch rechtzeitig der Gedanke, dieser Jemand könnte ja ein Kollege sein oder ein Journalist, schlimmer noch: ein Pressefotograf, der plötzlich eine Kamera zücken und ein Bild von ihnen schießen würde, das schon morgen, wenn im Zusammenhang mit dem Tod von Regine Stallmach womöglich der Name Eva-Maria Leicht fiele, für die Boulevardblätter ein gefundenes Fressen wäre: Die bekannte Schauspielerin mit einem neuen Verehrer? Oder gar: im trauten Tête-à-tête mit einem Beamten der Mordkommission? So beschränkte er sich auf die Bemerkung: „Ganz wie Sie meinen." Erst nach einer Weile fügte er die

59

Frage hinzu: „Und warum wollten Sie mich nun sprechen? Sie haben mich doch nicht nur gebeten, auf Sie zu warten, um mir auf diese Weise zu demonstrieren, daß Sie mich im Parkett erkannt haben, oder weil Sie lieber in Begleitung eines Kriminalbeamten als allein nach Hause gehen."

„Natürlich nicht." Der Klang ihrer Stimme wechselte fast mit jedem Satz. Eben noch leicht ironisch, nun wieder sanfter Wohllaut wie einst bei seiner Tochter, wenn sie ihm mit einer nicht so leicht zu erfüllenden Bitte um den Bart ging. Ein Phänomen, das ihn weniger irritierte als amüsierte. Dennoch blieb er auf der Hut: Was würde nun folgen? „Ich war ehrlich froh", fuhr sie fort, „als ich Sie unter den Zuschauern entdeckte, denn da ist noch etwas, das Sie unbedingt wissen sollten."

„Und das keinen Aufschub mehr bis morgen duldet?"

„Schon. Wenn Sie nicht in die Vorstellung gekommen wären, hätte ich Sie morgen angerufen. Aber so ist es mir lieber." Sie machte eine Pause, und eine Weile gingen sie schweigend nebeneinander her. Sie näherten sich dem Gustaf-Gründgens-Platz. Die kahle, menschenleere Fläche hatte nichts Einladendes, und die wie eine Fahne geschwungene, nahezu fensterlose Front des Schauspielhauses im Hintergrund wirkte gespenstisch wie eine surrealistische Kulisse aus Stummfilmzeiten. Feucht wehte ihnen der Nachtwind ins Gesicht.

Wiese wartete geduldig, bis die Schauspielerin von selbst wieder anfing: „Sie haben heute nachmittag unter anderem gefragt, ob es zwischen Frau Stallmach und mir eine lesbische Beziehung gab oder ob nicht zumindest ich in diesem Sinne an ihr interessiert war. Beides trifft nicht zu, wie ich Ihnen bereits gesagt habe. Andererseits hat es vor Jahren, als wir beide noch auf die Schauspielschule gingen, entsprechende Gerüchte gegeben, und wir haben damals nichts getan, um sie zu dementieren, im Gegenteil."

„Das müssen Sie mir näher erklären."

„Ach wissen Sie, wir vom Theater sind nun mal ein besonderes Völkchen. Die Lust am Spiel reicht oft bis ins Privateste. Wenn Sie der Fama glauben, dann sind die meisten von uns lesbisch beziehungsweise homosexuell. Vielleicht sind es prozentual tatsächlich etwas mehr als im Bevölkerungsdurchschnitt, auf jeden Fall erheblich weniger, als man uns gerne nachsagt."

„So wichtig ist es ja nun auch nicht", sagte Wiese und unterdrückte heftig erneut aufkommende Gedanken an seine Tochter. „Lesbische Liebe war noch nie strafbar, und Homosexualität ist inzwischen auch weitgehend straffrei."

„Sie mißverstehen mich, Herr Wiese. Es geht hier nicht um strafbare oder straffreie Liebe. Ich versuche, Ihnen zu erkären, daß es für Regine und mich damals ein Spiel war. Épater le bourgeois! Wir fanden es irgendwie toll, daß man uns beiden Anfängerinnen ein Verhältnis andichtete. In Wirklichkeit waren wir nur gute Freundinnen, und alles, was wir uns an Zärtlichkeiten gönnten, war ein Umarmen, ein Streicheln, wenn eine mal etwas verpatzt hatte und Trost brauchte."

„Schön und gut, aber warum erzählen Sie mir das? Was hat das alles mit unserem Fall zu tun?"

„Weil man uns später eine Zeitlang echt für lesbisch hielt. Da hatte sich das Gerücht inzwischen verselbständigt, und wir konnten noch so entschieden dementieren, es nutzte nichts: Man glaubte uns nicht, ja fand es geradezu albern, daß wir uns nicht offen zu unserer Liebe bekannten. Das war übrigens mit ein Grund, warum wir nach der Schauspielschule nichts unternommen haben, um an dieselbe Bühne zu kommen."

„Seitdem sind viele Jahre vergangen, was soll's?"

„Ja, was soll's? Das Gerücht ist nie mehr ganz verstummt. Auch heute noch erlebe ich manchmal, daß Kollegen oder Kolleginnen Andeutungen machen, harmlose Anspielungen meist, selten in böser Absicht, schließlich ist das ja kein Makel, schon gar nicht am Theater, und doch kann einen so was auf die Dauer ganz schön nerven. Ich weiß nicht, wie weit Sie im Frühjahr den Presserummel mitbekommen haben, als es um mein angebliches Verhältnis mit Herrn Stallmach ging. Damals tauchte vorübergehend, wenn auch nur in einer Gazette, das alte Gerücht wieder auf."

„Verstehe. Nun fürchten Sie, wenn der Fall Stallmach erst mal publik ist, daß dann diese alte Geschichte erneut aufgerührt wird."

„Sie wird, davon bin ich überzeugt. Eben darum wollte ich, daß Sie noch vorher erfahren, was an dem Gerücht dran ist. Unvorbereitet hätten Sie's doch geglaubt – oder nicht?"

„Glauben überlasse ich gern den Kirchen, in meinem Metier kommt man damit nicht weiter. Für uns zählt nur eins: wissen."

„Und was wissen Sie schon?" Sie war stehengeblieben und sah ihn prüfend an. „In wie vielen Prozessen ist gar nichts gewiß, stützen sich Anklage und Urteile nur auf Annahmen?"

„In zu vielen Fällen, keine Frage. Und manchmal stellt sich Jahre später heraus, daß man den Falschen verurteilt hat. Das ist unsere Krux, zugegeben. Unsere einzige Möglichkeit, dem zu entgehen: Noch genauer, noch sorgfältiger ermitteln. Ich versuch's, seit ich Polizist bin. Unter anderem war ich deshalb auch, obwohl sozusagen außerdienstlich, in Ihrer Vorstellung und habe versucht, mir ein genaueres Bild von Ihnen zu machen."

„Und das Ergebnis?"

„Dazu ist es noch zu früh. Ich sammle Eindrücke, bunte Steinchen zu einem Mosaik, das, wenn alles gutgeht, zuletzt auch einen Sinn ergibt. In diesem Augenblick, ziemlich genau vierundzwanzig Stunden nach dem Todessturz Ihrer früheren Freundin, liegt dieser Sinn für mich noch im dunkeln. Außerdem macht mir noch ein anderer Punkt zu schaffen."

„Was für ein Punkt?"

„Sie legen großen Wert darauf, daß man Ihnen keine lesbischen Neigungen unterstellt. Andererseits kann man Ihre Beziehung zu Herrn Stallmach nicht gerade normal nennen."

„Oh, ich weiß schon, worauf Sie hinauswollen. Ich kann Sie beruhigen: Es gibt, oder vielleicht richtiger: Es gab in meinem Leben durchaus auch andere Männer."

Eine Weile gingen sie schweigend weiter. Schon näherten sie sich dem Haus, das er von seinem nachmittäglichen Besuch her kannte, als Frau Leicht unter einer Straßenlaterne erneut stehenblieb, ihn kritisch musterte und endlich fragte: „Was würden Sie sagen, wenn ich Sie jetzt noch auf eine Tasse Kaffee oder ein Glas Wein zu mir heraufbitten würde?"

Wiese mußte unwillkürlich lächeln, weil er fast so etwas erwartet hatte. Hatte er es sich vielleicht sogar erhofft? Keine Frage: am liebsten würde er ihre Einladung annehmen. Aber er war keine vierundzwanzig mehr wie Brinkmann, ihm fehlte die Unbekümmertheit des Studenten, der offenbar auf weibliche Reize grundsätzlich und unterschiedslos positiv reagierte und in einer Situation wie der gegenwärtigen keine Sekunde gezögert haben würde. Doch da war das warnende Beispiel des Werner Stallmach: Dem hatte diese faszinierende Frau auch eine Rolle vorgespielt, und zwar so überzeugend, daß selbst der erfahrene Altplayboy darauf hereingefallen war. Und er als Kriminalbeamter, der einen rätselhaften Todesfall aufzuklären hatte, konnte sich einen ähnlichen Reinfall erst recht nicht leisten, zumal nach wie vor nicht auszuschließen war, daß er es mit einem Mord und in der schönen Schauspielerin mit einer Mörderin zu tun hatte.

„Ich würde mich für die Einladung sehr herzlich bedanken", beantwortete er ihre Frage, „könnte sie jedoch leider nicht annehmen, denn es wird nun wirklich Zeit für mich, daß ich nach Hause komme, ich erwarte noch eine Meldung aus dem Präsidium." Eine durchsichtige Ausrede, was half's, eine bessere war ihm nicht eingefallen.

„Meine vorsichtige Formulierung wird Ihnen verraten haben, daß mich Ihr Nein nicht unvorbereitet trifft." Kam ihm vor wie ein Zitat aus einem Theaterstück. Seine höfliche Absage schien sie nicht im mindesten zu irritieren, souverän in jeder Situation. Sie bedankte sich für seine Begleitung und daß er ihr Gelegenheit gegeben habe, auf gewissermaßen unprotokollarische Weise noch diesen, ihrer Meinung nach nicht unwichtigen Nachtrag zu liefern.

Wiese wünschte ihr gute Nacht und machte sich auf den Weg in Richtung Jan-Wellem-Platz. Erstaunlich, wie leer jetzt, um Viertel nach elf, dieser tagsüber so belebte Verkehrsknotenpunkt inmitten der Fußgängerzone war. Nur an den Straßenbahnhaltestellen standen Menschen in kleinen Gruppen. Dunkelhäutige Pakistani boten druckfrische Exemplare der Freitagszeitungen feil. Wiese wählte die größte Tageszeitung der Stadt, deren Polizeireporter er als vergleichsweise soliden Schreiber schätzte. Die übrige Presse, insbesondere die beiden Boulevardblätter, würde er morgen früh auf seinem Schreibtisch vorfinden. Noch während er die Schlagzeilen der Seite eins überflog, rauschte die Linie 705 heran, und er stieg ein.

Neben Meldungen aus Politik und Wirtschaft beherrschte die Nachricht von der überraschend schnellen Aufklärung des Bankraubs die Seite eins. Da wird Vandenberg ja morgen strahlen. Wiese blätterte weiter. Auf der dritten Seite des Lokalteils wurde er fündig. Unterm Bruch drei Spalten breit die Zeile: Unfall oder Selbstmord? Und darunter: Rätselhafter Todessturz in der Brehmstraße. Dazu Fotos von Regine Stallmach mit ihrem geschiedenen Mann und von der Rückfront des Hauses mit einem Pfeil, der auf die Terrassenbrüstung des Penthouses zeigte. Im Text wurde die Frage aufgeworfen, ob die junge Frau ihre kürzlich erfolgte Scheidung vom Juniorchef der Stallmach-Werke am Ende nicht verkraftet habe, doch die Aussagen des Hausmeisters und eines Studenten Rudi B. (24) stützten eher die Unfalltheorie.

Sonst nichts? Kein Hinweis auf die Dame Leicht? Aber ja, natürlich, der Schlenker durfte nicht fehlen: In den beiden letzten Absätzen wurde an den Wirbel erinnert, den es im Frühjahr um die Stallmach-Ehe gegeben hatte, und hier war dann auch die Rede von der schönen Schauspielerin,

Star der Fernsehserie „Ein verrücktes Haus" und zur Zeit in Düsseldorf in der Komödie „Der ewige Zweite" zu bewundern. Mehr nicht. Nur aufgewärmtes Archivmaterial. Kein aktuelles Zitat – weder von ihr, noch von Werner Stallmach. Sehr angenehm. Hoffentlich hatten die Konkurrenzblätter nicht mehr.

Als der Kommissar am Belsenplatz die Straßenbahn verließ, war er so gut gelaunt, daß er auf dem kurzen Fußweg zu seiner Wohnung in der Rheinallee ebenso laut wie mißtönend den längst zum Schlager verkommenen Marsch vom River Kwai selbstvergessen vor sich hin pfiff. Doch seine Gedanken kamen nicht los von der Dame aus der Goltsteinstraße, deren gefährlicher Faszination er um ein Haar erlegen war und die als Mörderin zu verdächtigen er nun mehr denn je Anlaß zu haben glaubte.

Das Haus seiner Schwiegereltern lag in tiefem Dunkel, wie auch die meisten Nachbarhäuser. Nur hinter wenigen Fenstern flimmerte es bläulich: Im Fernsehen war wohl nicht mehr viel los. Der Briefkasten quoll fast über: eine Unmenge Reklame (Weihnachten war nicht mehr weit), zwei Rechnungen und eine Karte aus Mallorca. Wiese kam es nicht ungelegen, daß sich die Schwiegereltern für drei Monate in den Süden verzogen hatten. Seit dem Tod seiner Frau und dem Auszug der Tochter war es mit den beiden Alten nicht immer leicht. Sie hatten zwar keine Sorgen, weder finanziell noch gesundheitlich, doch leider auch keine Hobbys, so daß er sich weit häufiger, als ihm lieb war, mit ihnen beschäftigen, sich ihre erinnerungsträchtigen Geschichten und (meist unbegründeten) Klagelieder anhören mußte.

Während er zu seiner Wohnung in den obersten Stock stieg, läutete das Telefon. Er beeilte sich, dachte: Vielleicht Eigenbrodt oder Düren, aber es war Hannelore. Er hatte sie total vergessen, und sie hatte ein paarmal vergeblich angerufen.

„Ein komplizierter Fall", versuchte er zu erklären, „vielleicht Mord, vielleicht nur ein Unfall."

„Und da warst du bis jetzt so beschäftigt, daß du nicht mal Zeit für einen Anruf hattest?"

Ihr Ton irritierte ihn. Verärgert sagte er: „Bei uns gibt's nun mal keine geregelte Dienstzeit, wir sind keine Bürohengste, die pünktlich um vier oder fünf den Griffel fallen lassen. Wenn's drauf ankommt, geht's bei uns eben rund um die Uhr!"

Er verstummte, wunderte sich selbst über sein dummes Geschwätz, doch ehe er noch dazu kam, in einen Scherz auszuweichen, überraschte sie ihn mit der trockenen Bemerkung: „Übrigens meinen Glückwunsch zu deiner neuesten Eroberung. Ich hab euch vorhin aus dem Theater kommen sehen. Viel Spaß mit ihr am Wochenende, gute Nacht!"

Sie hatte aufgelegt. Er rief zurück, versuchte es ein paarmal: Hannelore nahm nicht mehr ab. Dann eben nicht, sagte er sich und ging hinüber ins Schlafzimmer. Als er bald darauf im Bett lag, schweiften seine Gedanken von seiner Freundin, die sich albernerweise von ihm betrogen glaubte, wieder zurück zu der schönen Schauspielerin. Kein Zweifel, sie machte ihm etwas vor. Warum sonst hätte sie ihn wohl zu so später Stunde noch in ihre Wohnung eingeladen? Und hatte sie nicht kurz zuvor ihre Bemerkung von den Männern in ihrem Leben dahingehend abgeändert, daß es wohl welche gegeben habe, nicht aber gebe? Wozu diese Korrektur, wenn nicht als Wink mit dem Zaunpfahl. Und dann diese phantastische Geschichte: Das Gerücht nicht mehr als ein mutwilliges Spiel der beiden Freundinnen! Nein, je länger er darüber nachdachte, desto klarer wurde ihm: Eva-Maria Leicht hatte etwas zu verbergen, und es mußte etwas Heikleres sein als eine lesbische Beziehung . . .

VII.

Der Freitag fing nicht gut an. Wiese hatte schlecht geschlafen, war mehrmals aufgewacht, zuletzt um sechs nach einem wirren Traum, von dem ihm nur noch bewußt war, daß er auf der Bühne eines Theaters geendet hatte: Eine Liebesszene, bei der er sich höchst ungeschickt anstellte, denn er hatte im Ohr noch die Verzweiflungsausbrüche eines unsichtbaren Regisseurs, während die Frau in seinen Armen sich ungeniert über ihn lustig machte. Unmöglich zu sagen, ob ihr Gesicht mehr Ähnlichkeit mit seiner Freundin Hannelore oder mit der Schauspielerin Leicht hatte. Jedenfalls war er dem Radiowecker dankbar, der ihn den Vorwürfen des Regisseurs und dem Gelächter seiner Partnerin abrupt entzog und ihn dafür dem akustischen Frontalangriff des Frühnachrichtensprechers aussetzte.

Später, nach Gymnastik, Duschbad und Rasur, stand er am Wohnzimmerfenster, trank in langsamen Schlucken den Dreiminutentee und aß, wie jeden Morgen, zwei Scheiben Toast: In seinem Alter mußte man schon etwas tun für die Linie, sonst ging man auseinander wie ein Pfannkuchen, und davor grauste ihm. Dabei dachte er gar nicht einmal nur an seine junge Freundin Hannelore. Daß er nur nicht vergaß, sie nachher in der Praxis anzurufen. Hannelore Glörfeld arbeitete als Assistentin bei seinem Zahnarzt. Anfangs hatte er gedacht, sie hätte was mit ihrem Chef. Um so angenehmer die Überraschung, als er merkte, daß dies nicht der Fall war. Seit er im September mit ihr zwei Wochen Urlaub in Südfrankreich gemacht hatte, ahnte er, daß ihr Verhältnis leicht in eine zweite Ehe münden könnte, eine Aussicht, die ihn vorerst mehr beunruhigte als daß sie ihn glücklich stimmte. Gelegentlich hielt man ihn und Hannelore für Vater und Tochter, kein Wunder bei dem Altersunterschied. Er aber fand das gar nicht so lustig.

Draußen war es noch dunkel. Am Himmel flimmerten

67

Sterne. Über Nacht hatte sich das trübe Wetter verzogen. Im schwachen Licht der Straßenlaternen tanzten die fast kahlen Wipfel der jungen Pappeln und Platanen auf und ab: Ein stürmischer Wind fegte die letzten Blätter von den Zweigen. Auf dem matt schimmernden Fluß waren schon Schiffe unterwegs. Wiese sah die roten und grünen Positionslampen vorübergleiten, von rechts nach links in rascher Fahrt, wesentlich langsamer in umgekehrter Richtung rheinaufwärts.

Seit über einem Vierteljahrhundert war ihm dieses Panorama vertraut, seit dem Tage, als er Erika Kamphausen geheiratet und sich mit ihr im oberen Stockwerk des schwiegerelterlichen Hauses eingerichtet hatte. Er liebte diese Landschaft, besonders den Blick nach Süden, auf die Wiesen der Lausward, wo im Sommer, wie schon vor fünfundzwanzig Jahren, Schafherden weideten, aber auch nach Westen, nach Heerdt zu, wenn der glühende Ball der untergehenden Sonne die grauen Wellenkämme rot färbte. Und vor allem natürlich das immer neue Bild des Stroms, der von Neuß her in weitem Bogen das linksrheinische Oberkassel umkurvte.

Gewiß, manches hatte sich verändert in all den Jahren. Unter der Straße vorm Haus, zum Glück unsichtbar, wenn auch nicht geräuschlos, verlief der Tunnel der Autobahn, die einige hundert Meter weiter links aus dem Untergrund emportauchte und zur Kniebrücke hinaufführte, um am anderen Ufer, in unmittelbarer Nachbarschaft des Fernsehturms und seiner Dienststelle, als normale Straße zu enden.

Genau auf dem Scheitelpunkt dieser Brücke, zwischen den beiden hoch in den Himmel ragenden Pylonen, erlebte Wiese keine halbe Stunde später eine unerfreuliche Verzögerung: Sein Bus geriet in einen Stau. Der Kommissar hatte längst den roten Backsteinbau der Oberfinanzdirektion, hinter dem sich das Polizeipräsidium versteckte, im Blick. Aber es dauerte fast eine Viertelstunde, bis sich der Stau allmählich auflöste und der Bus die Haltestelle am Ende der Brücke erreichte.

Im Präsidium erwartete den Kommissar neuer Ärger: Die Eltern der Frau Stallmach, die Eheleute Rathgeber aus der Nähe von Grünberg in Hessen, waren bereits im Anmarsch auf Düsseldorf. Mit ihrem Erscheinen mußte spätestens gegen Mittag gerechnet werden. Weiterer Ärger ergab sich aus der Verspätung, die ihn so unter Zeitdruck setzte, daß er nicht einmal mehr dazu kam, alle Zeitungsberichte über den Todessturz in der Brehmstraße zu lesen. Und die hatten es in sich: Gleich in der ersten Gazette entdeckte er einen Artikel, dessen Überschrift ihn förmlich elektrisierte: Unfall, Selbstmord oder Mord: Ex-Frau des Düsseldorfer Industriellen Stallmach stürzte in den Tod.

Eilig überflog er den Text, fand endlich, was er suchte: Eine Äußerung des Studenten Brinkmann über den Streit Regine Stallmachs mit der Schauspielerin Eva-Maria Leicht und, in einem Kurzinterview mit Werner Stallmach, die ihm bereits bekannten Antworten, er habe sich nur scheiden lassen, um die Leicht heiraten zu können, die habe ihm jedoch zu seiner Überraschung einen Korb gegeben, und ja, er halte eine lesbische Beziehung zwischen ihr und seiner geschiedenen Frau nicht für völlig ausgeschlossen. Der Reporter hatte es dabei nicht bewenden lassen, sondern sich im Archiv seiner Zeitung über die Personen informiert und dabei die höchst merkwürdige Rolle der Schauspielerin in ihren Beziehungen zu dem Ehepaar Stallmach durchleuchtet. Hier folgte nun als aktueller Nachsatz die Bemerkung eines Schauspielers von den Kammerspielen: Er verstünde das ganze Rätselraten nicht, die beiden wären schließlich schon auf der Schauspielschule, die er zur gleichen Zeit besucht habe, als Pärchen bekannt gewesen, und warum auch nicht? Er mache aus seiner homosexuellen Neigung ja auch kein Geheimnis.

Und ich sollte an eine Kinderei denken, an eine harmlose Gaudi unter Schauspielschülerinnen! ging es Wiese durch den Kopf. Und warum? Weil sie damit rechnete, daß im Zusammenhang mit dem Tod ihrer früheren Freundin diese Beziehung zur Sprache kommen und sie belasten könnte. Aber wieso eigentlich belasten? Über ein lesbisches Verhältnis regte sich heutzutage doch niemand mehr auf. Nicht einmal er ließ sich ja gegenüber seiner Tochter zu irgendwelchen unbeherrschten Äußerungen hinreißen, empfand allenfalls Kummer oder Unbehagen, wenn er an Karins Beziehung zu dieser anderen Frau dachte. Sprach also die Logik nicht eher dafür, daß Eva-Maria Leicht eine ganz andere Entdeckung fürchtete, das Offenbarwerden nämlich ihrer Schuld am Tode von Regine Stallmach?

Im Schlußabsatz, fettgedruckt, fragte der Reporter: Der Polizeibericht erwähnt mit keinem Wort die Möglichkeit eines Verbrechens, hält man dies für ausgeschlossen? Oder warum schweigt man sich am Jürgensplatz darüber aus? Konrad Wiese mißhandelte einmal mehr seine Schläfen und Brauen. Er sagte sich, daß gleich in der Frühbesprechung Kriminaldirektor Vandenberg wahrscheinlich als erstes ihm diese Fragen unter die Nase halten würde. Und was das Schönste war: dieser Artikel, der ihn indirekt angriff, lag im Grunde auf seiner Linie. Ein Blick auf die Uhr: Kurz vor halb acht, nun wurde es Zeit, Vandenberg hatte eine ausgeprägte Schwäche für Pünktlichkeit.

Im Konferenzzimmer hatten sich ungewöhnlich viele Mitarbeiter eingefunden, sehr zur Genugtuung des Kriminaldirektors, der bereits mit wichtiger Miene am Tisch vor der Stirnwand thronte. War offensichtlich nicht viel los draußen, sonst würden sie nicht alle hierherströmen. Wiese hatte, flankiert von Düren und Eigenbrodt, in der dritten Reihe Platz genommen (etwas Abstand vom Chef sollte schon sein) und erkundigte sich flüsternd bei dem jungen Kriminalmeister nach dem Ergebnis seiner Beobachtungen in der Schumann-Klause.

„Eigentlich nichts Negatives. Der Brinkmann scheint da sehr beliebt zu sein. Ist ja auch kein Wunder, die meisten sind ebenfalls Studenten oder gehören zur alternativen Szene. Ich weiß jedenfalls nicht, woher einer die Sicherheit nimmt, den Brinkmann schon jetzt quasi zum Mörder zu stempeln."

„Was? Wer schreibt das?" Wiese hatte Mühe, seine Frage nicht zu schreien. Es stellte sich heraus, daß wieder einmal das Blatt, von dem er die geringste Meinung hatte, mit seinen Spekulationen am weitesten vorgeprescht war. Doch noch ehe er den Artikel zu Ende lesen konnte, den ihm Eigenbrodt rasch herübergeschoben hatte, eröffnete Direktor Vandenberg, nicht ohne die letzten Nachzügler mit einem mißbilligenden Blick bedacht zu haben, die freitägliche Frühbesprechung.

Zunächst berichtete der Kommissar der Nachtwache, ein schmalbrüstiges Kerlchen, das mit seiner Aufgeregtheit an Frau Löffelholz erinnerte, über die Vorkommnisse der letzten Nacht: Eine Serie von Villeneinbrüchen in Kaiserswerth, eher untypisch für diese Jahreszeit, ein tödlicher Autounfall mit Fahrerflucht auf dem Südring und ein Brandanschlag auf eine Sexbar im Bahnhofsviertel, möglicherweise im Zusammenhang mit der Messerstecherei von gestern nachmittag. Die übrigen Meldungen waren noch weniger interessant, so daß Wiese verstohlen den Rest des Artikels las.

Also die Vorfälle in der Kaiserstraße hatten es dem Schreiber angetan. In seiner Darstellung drückte er sich jedoch bewußt so ungenau aus, daß der unbefangene Leser von dem „Hochhausnachbarn" Brinkmann annehmen mußte, er habe im selben Haus wie die unglückliche, lebensmüde Studentin gewohnt. Daß man ihn schon einmal wegen Widerstands gegen die Staatsgewalt vorübergehend festgenommen hatte, mußte als Indiz für einen gefährlichen Hang zu Gewalttätigkeit und Brutalität herhalten. Zum Schluß wurde ein ungenannter Zeuge aus der Schumann-Klause zitiert, der Brinkmanns Streit mit Regine Stallmach mitbekommen hatte. Im Grunde stand da nicht mehr, als Wiese bereits wußte, nur war alles so geschickt „zusammengekocht", wie die Zeitungsfritzen das nannten, und mit, zumindest vorläufig, unbewiesenen Behauptungen verquickt, daß sich am Ende der Eindruck aufdrängte: Nur dieser Brinkmann kann es gewesen sein.

Der Kommissar zuckte zusammen. Fiel da nicht eben sein Name? Richtig, und zwar war es Vandenberg, der jetzt sprach und noch einmal auf den Bankraub und seine schnelle Aufklärung einging. Ohne die enge Zusammenarbeit mit der Presse wäre der Erfolg nicht möglich gewesen. Sein Dankeschön habe man ja auch heute in allen Zeitungen lesen können. Er nehme dies zum Anlaß, wieder einmal darauf hinzuweisen, wie sehr ihm an einem guten Verhältnis zur Presse gelegen sei.

Na, das paßte ja im Fall Brinkmann wie die Faust aufs Auge, dachte Wiese und wartete darauf, daß man zur Sache käme. Er mußte sich gedulden. Zunächst stand noch Fußball auf dem Programm. Die schlimmen Vorfälle im Anschluß an das Bundesligaspiel vor vierzehn Tagen durften sich an diesem Wochenende auf keinen Fall wiederholen. Vandenberg begann zu erläutern, wie er sich, in Absprache mit dem Leiter der Schutzpolizei, den Ablauf des morgigen Nachmittags gedacht habe, immerhin müsse man mit einem sehr starken Ansturm von Fans aus der Nachbarstadt rechnen.

„Die sind doch harmlos wie unsere Fortunen!" tönte es halblaut aus den hinteren Reihen, und eine andere Stimme setzte noch einen drauf: „Wetten, daß die Unseren baden gehen!"

Vandenberg, in Sachen Fußball alles andere als ein Experte, blickte leicht verärgert in die Richtung, aus der das Gemurmel kam, ehe er fortfuhr, die geplanten Maßnahmen des langen und breiten zu erklären. Bloß gut, daß es die Frühbesprechung nicht mehr wie früher täglich, sondern nur noch an drei Tagen in der Woche gab. Endlich, eine halbe Stunde war schon vertan, schloß Vandenberg das Kapitel ab und fragte nun direkt: „Wie weit sind Sie mit Ihren Ermittlungen im Fall Regine Stallmach, Herr Wiese? Die Zeitungen scheinen Ihnen da einige Schritte voraus zu sein, oder irre ich mich?"

Typisch Vandenberg! Immer schön hinterfotzig, wie die Bayern sagen, und das vor versammelter Mannschaft. Aber sachte, so leicht schaffen Sie den alten Kaweh nun doch nicht. „Kommt drauf an, was Sie unter voraussein verstehen", sagte er. „Wenn es sich, was durchaus möglich ist, um ein Verbrechen handelt, sollte man doppelt vorsichtig sein mit voreiligen Schlüssen."

„Nun, die einen halten diese Schauspielerin für dringend verdächtig, ihre ehemalige Freundin umgebracht zu haben, für andere scheint der Student der Hauptverdächtige und der Tat nahezu überführt. Sie dagegen mögen sich offenbar noch nicht festlegen."

„Genauso ist es. Ich halte mir die Entscheidung offen. Warum? Sie nennen hier zwei Verdächtige, gegen die durchaus einiges spricht, nur sind es nicht die einzigen. Wir haben noch den geschiedenen Ehemann. Der war, wie es scheint, zur Tatzeit in Hamburg, aber noch haben wir aus Hamburg keine hundertprozentige Bestätigung seines Alibis. Auch das Verhalten von Brinkmanns Zimmerwirtin ist dubios. Es gibt also mehrere Tatverdächtige, das ist schlimmer als keiner, denn einer von ihnen kann es ja nur gewesen sein, kann, nicht muß, weil nach wie vor die Möglichkeit besteht, daß wir den Täter oder die Täterin bisher noch nicht kennen beziehungsweise für die Tat in Betracht ziehen. All dies, wie gesagt, unter der Voraussetzung, daß wir es überhaupt mit einem Verbrechen zu tun haben. Was also schlagen Sie vor?"

Auch ohne nach rechts oder links zu schauen, erkannte Wiese aus den Augenwinkeln, daß Düren und Eigenbrodt feixten.

„Mir fehlt die genaue Erkenntnis Ihrer Ermittlungen", sagte Vandenberg, und man merkte ihm an, daß er seine Verärgerung nur mühsam bezwang. „Ich gebe die Frage deshalb an Sie zurück. Was haben Sie vor?"

„Im Moment nicht viel. Wir werden alle Verdächtigen weiter im Auge behalten. Wahrscheinlich scheidet Herr Stallmach schon bald aus, sofern sein Alibi hieb- und stichfest ist. Im übrigen habe ich die Hoffnung, daß sich aufgrund der Zeitungsberichte jemand meldet, womöglich aus der unmittelbaren Nachbarschaft, der als Augen- oder Ohrenzeuge den Todessturz miterlebt hat. Es ist kaum anzunehmen, daß sich der in völliger Stille vollzogen hat. Schließlich müssen wir sogar damit rechnen, daß wir den Täter zwar im Visier haben, ihm jedoch nichts nachweisen können."

„Das wollen wir aber nicht hoffen!" sagte Vandenberg und setzte wieder seine halb zweifelnde, halb ungnädige Miene auf. „Sie wissen, wie wichtig für die Aufklärung eines Verbrechens die ersten achtundvierzig Stunden sind."

„Ist mir in der Tat nicht neu." Wieses Blick, auf seinen Chef fixiert, war nicht frei von einer gewissen Herausforderung. Er war nun mal allergisch gegen Gemeinplätze. „Ich sehe jedoch ungern jemand verhaftet, solange ich dem Staatsanwalt keine überzeugenden Verdachtsgründe, geschweige denn handfeste Beweise liefern kann."

„Klingt nicht gerade optmistisch."

„Aber realistisch, Herr Vandenberg. Ich erinnere nur an das Fiasko neulich im Kölner Dirnenmordprozeß. Nach dem Freispruch sahen unsere Kollegen samt Staatsanwaltschaft verdammt alt aus."

„Habe ich denn ein einziges Wort über Festnahme oder Verhaftung verloren?" wehrte sich der Direktor. „Natürlich bin ich wie Sie gegen jeden übereilten Schritt, doch darf ich ja wohl die Hoffnung äußern, daß dieser Fall möglichst bald vom Tisch kommt."

„Einverstanden. Ich wünsche mir das auch. Im übrigen bleibt uns immer noch unser erfolgreichster Verbündeter im Kampf gegen das Verbrechen – Kommissar Zufall."

Alle lachten ein befreiendes Lachen, in das zuletzt auch Oskar Vandenberg einstimmte, wenngleich hinter seiner gerunzelten Stirn deutlich sichtbar der Zweifel arbeitete: Meinte es Wiese nun eigentlich ernst, oder war dies nur eine sublime Art, ihn zu verarschen?

Wenig später saß der Kommissar mit Düren und Eigenbrodt in seinem Zimmer. Von Frau Löffelholz mit frischem

Kaffee versorgt, gingen sie noch einmal Punkt für Punkt den Stand ihrer Ermittlungen durch. Dabei überraschte Wiese seine Kollegen mit der Eröffnung: „Diese Leicht ist wirklich eine unglaublich wandlungsfähige Schauspielerin. Ich war gestern abend im Theater und habe sie spielen sehen. Perfekt, absolut perfekt!"

Düren überwand als erster seine Verblüffung: „Okay, daß sie eine tolle Schauspielerin ist, war mir nicht unbekannt. Aber wozu dieser Theaterbesuch? Hast du erwartet, auf diese Weise mehr über sie zu erfahren als bei einer Vernehmung?"

„Mehr wohl nicht, vielleicht etwas anderes. Mir war wichtig, sie einmal auf der Bühne agieren zu sehen, sie dabei genau zu beobachten, ihre Mimik, ihre Gesten, ihre Stimme, und dann Vergleiche anzustellen mit dem Eindruck, den sie auf mich machte, als ich sie zu unserem Fall befragte."

„Und zu welchem Ergebnis bist du gekommen?"

„Ich muß hinzufügen, daß ich Frau Leicht anschließend nach Hause begleitet habe."

„Oho!" machte Düren, und auch Eigenbrodt schaute einigermaßen verdutzt auf seinen Chef.

„Nichts oho!" sagte der und erzählte, wie sich alles ergeben hatte, verschwieg auch nicht, daß er die Einladung der Schauspielerin, auf einen Sprung mit in ihre Wohnung zu kommen, nur ungern und mit Rücksicht auf seine dienstlichen Pflichten abgelehnt hatte.

„Schade, Kaweh, ich hätt's dir gegönnt!"

„Danke, Pit, aber ich glaube nicht, daß ich auf dem Weg weitergekommen wäre – weder dienstlich noch privat. Ich bin überzeugt, daß sie uns etwas vormacht, daß alles, was sie sagt und tut, darauf abzielt, sie in einem bestimmten Licht erscheinen zu lassen und von ihrer wahren Rolle abzulenken. Wie die Dinge liegen, kommt für mich im Augenblick nur sie als Täterin in Betracht."

„Meinst du nicht, daß gegen Brinkmann mindestens so viele Verdachtsmomente sprechen, wenn nicht mehr?"

„Finde ich nicht", widersprach Eigenbrodt. „Eher traue ich seiner Wirtin einen Mord zu. Doch nach allem, was wir bisher wissen, ist die Leicht am meisten verdächtig. Ich hab allerdings meine Zweifel, daß überhaupt ein Verbrechen geschehen ist."

„Sicher", sagte Wiese, „auch damit müssen wir rechnen. Und ich gebe zu, vorerst haben wir gegen keinen unserer Verdächtigen den Schatten eines Beweises. Trotzdem . . ." Er brach ab. Sollte er sich jetzt auf seinen Instinkt berufen, der ihn nur selten im Stich gelassen hatte, oder auf seine jahrzehntelange Erfahrung, die ihm spektakuläre Reinfälle wie jüngst den Kölner Kollegen bisher erspart hatte? Lieber nicht. Statt dessen fragte er unvermittelt: „Was hat eigentlich die Überprüfung aller Hausbewohner ergeben? War da wirklich niemand drunter mit Vergangenheit?"

„Wir haben jedenfalls keinen Anhaltspunkt gefunden. Hier, wenn du noch mal reinschauen willst!" Pit Düren reichte ihm die Liste, die er schon kannte. „Außer Brinkmann nicht einer, der schon mal polizeilich aufgefallen wäre. Kein Dieb, kein Räuber, kein Mädchenschänder, nicht mal 'n Exer."

Düren lachte. Der Kommissar schätzte ihn als guten Kriminalisten, weniger das, was er unter Humor verstand. Schon wollte er eine entsprechende Bemerkung machen, da läutete das Telefon. Frau Löffelholz annoncierte aufgeregt einen Anrufer, der etwas Wichtiges zum Todessturz zu sagen hatte. Wiese drückte auf den Knopf, der das Gespräch auf seinen Apparat schaltete, und meldete sich.

„Hier Schmitz, Willibald Schmitz aus der Scheidtstraße, Ecke Brehmstraße. Ich hab das gerade in der Zeitung gelesen von dieser jungen Frau aus dem Nachbarhaus, hören Sie?"

„Ja, ich höre."

„Also das war niemals ein Unfall oder Selbstmord, das war hundertprozentig ein Mord."

„Wieso sind Sie sich dessen so sicher?"

„Weil ich den Schrei gehört habe in der Nacht und davor den lauten Streit."

„Einen Streit? Irren Sie sich da nicht?" Der Kommissar hatte unwillkürlich die Stimme erhoben.

„Nein, die beiden haben sich heftig gestritten."

„Und das ist Ihnen erst jetzt aufgefallen? Warum haben Sie das nicht schon gestern gemeldet?"

„Ich wußte ja gar nicht, was passiert war. Und man rechnet ja nicht gleich mit so was, ich meine, schließlich kommt so 'n Streit ja alle Naslang vor. Erst durch die Zeitung hab ich erfahren, daß es ein Todesopfer gegeben hat."

„Rufen Sie von zu Hause an?"

„Nein, aus der Telefonzelle in der Brehmstraße, direkt vorm Eisstadion. Ich geh dann jetzt wieder heim."

Wiese ließ sich die genaue Adresse geben und bedankte sich für den Anruf: „Wir sind in einer Viertelstunde bei Ihnen, Herr Schmitz."

„Ein Zeuge?" fragte Düren.

„Sieht so aus. Ich erzähl dir's unterwegs. Sie, Herr Eigenbrodt, halten hier solange die Stellung. Wenn Hamburg nichts von sich hören läßt, bohren Sie ruhig mal ein bißchen nach. Und falls die Rathgebers wider Erwarten schon in der nächsten halben Stunde auftauchen sollten, dann beruhigen Sie die beiden, sagen Sie, wir sind bald wieder zurück."

Am Steuer des Dienstwagens, der sie in die Scheidtstraße brachte, saß diesmal offensichtlich ein verhinderter Grandprixfahrer. Wiese mußte ihn mehrmals bremsen. Trotzdem schaffte er die Strecke ungeachtet aller Ampeln in weniger als zehn Minuten. Als die beiden Beamten ins Haus traten und, da es keinen Lift gab, zu Fuß hinauf in den dritten Stock stiegen, witzelte Düren: „Ganz schön spannend, ich hoffe nur, dein Zeuge ist nicht so altersschwach wie diese Treppe!"

„Am Telefon klang er recht munter", gab Wiese zurück, „ich habe ihn allerdings nicht nach seinem Alter gefragt."

„Neunundsechzig!" tönte es über ihren Köpfen. Am

Treppengeländer stand, leicht nach vorn gebeugt, ein hageres, grauhaariges Männlein, das ihnen erwartungsvoll entgegenblickte und sie, als sie die letzte Stufe erreicht hatten, mit einer nur angedeuteten Verneigung des Oberkörpers begrüßte: „Schmitz, städtischer Angestellter im Ruhestand. Guten Tag, meine Herren, Sie sind ja wohl hierhergeflogen."

Der Kommissar stellte sich und seinen Kollegen vor, und der Mann bat sie, ihm zu folgen. Ein schmaler, langer Gang, an dessen Ende er eine Tür öffnete: „Hier, wenn ich bitten darf."

Das an sich geräumige Wohnzimmer war mit schweren, dunklen Möbeln derart vollgestopft, daß es winzig wirkte.

„Sie müssen entschuldigen", erklärte der Rentner, „es ist nicht richtig aufgeräumt, meine Frau liegt seit Wochen im Krankenhaus, sie mußte operiert werden, an der Brust, Sie verstehen." Er machte eine Pause, doch keiner ging darauf ein. „Wenn Sie vielleicht zuerst mal einen Blick vom Balkon werfen möchten?" Er war schon an der Tür und öffnete sie. Ein Windstoß fuhr herein und wirbelte den Store hoch über ihre Köpfe. „Sehen Sie da oben, über den kahlen Ästen der Kastanie die Brüstung? Das ist die Wohnung, wo's passiert ist."

„Ich weiß", sagte Wiese, „ich habe mich dort schon umgesehen. Ist ja 'ne ziemliche Entfernung von hier, und dann war's auch dunkel."

„Ja, gesehen habe ich nichts von allem, sonst wüßte ich mehr. Ich habe nur den Krach mitgekriegt, also diese beiden erregten Stimmen und dann den Schrei. Danach war's mucksmäuschenstill."

„Und Sie sind sicher, daß es sich dabei um eine männliche und eine weibliche Stimme handelte? Es können auf keinen Fall zwei Frauen gestritten haben?"

„Das habe ich nicht gesagt, nein, das kann ich auch nicht sagen. In der Zeitung, da ist doch nur von der jungen Frau und von diesem Brinkmann die Rede."

Erst jetzt registrierte Wieses Blick die Zeitung, die aufgeschlagen auf dem Tisch lag. Es war die mit dem Artikel, den ihm Eigenbrodt noch während der Konferenz zu lesen gegeben hatte. Das Foto des Studenten hatte man geschmackvollerweise mit der Frage versehen: Rudi Brinkmann, der Freund der geschiedenen Frau – auch ihr Mörder? Offenkundig hatte Herr Schmitz nur dieses Blatt gelesen und sich, bewußt oder unbewußt, dessen Urteil, das schon fast eine Verurteilung war, zu eigen gemacht.

„Hör mal, Kaweh", nahm ihn Düren beiseite, „mit der Entfernung haut's hin. Ein bißchen weit, aber nicht zu weit, um den Streit mitzubekommen. Vielleicht sollten wir mal die ganze nächtliche Szene rekonstruieren, was meinst du?"

Statt einer Antwort nickte Wiese nur. Er war mit seinen Gedanken schon weiter, sah im Geist Eva-Maria Leicht nächtens auf der Terrasse, zusammen mit Rudi Brinkmann, o ja, er würde die zwei die Szene nachspielen lassen, und dann könnte es durchaus sein, daß der Zeuge nur die Stimme der Schauspielerin wiedererkennen würde, welch überraschende Wendung.

„Eine Frage noch, Herr Schmitz", Wiese musterte den winzigen Balkon, zu schmal, um darauf auch nur einen Liegestuhl zu stellen. „Was hat Sie eigentlich veranlaßt, vorgestern nacht die Balkontüre zu öffnen? Bei geschlossener Türe hätten Sie ja nichts gehört oder?"

„Ach wissen Sie, Herr Kommissar, ich hatte ferngesehen. Mittwochs ist doch immer Denver-Clan. Danach, während der Nachrichten, habe ich ein bißchen gelüftet. Und genau in dem Augenblick, wo ich die Tür wieder schließen will, kommt der Lärm von da oben. Und wie ich noch in die Dunkelheit spähe und lausche, da tut's diesen Schrei, und dann, wie gesagt, nichts mehr, absolute Stille."

Rentner Schmitz schwieg, schaute erwartungsvoll auf den Kommissar, doch der stand da mit gerunzelter Stirn, schien auf einmal sprachlos. Endlich atmete er tief durch und fragte: „Sie sind sicher, daß es die Nachrichten nach dem Denver-Clan waren?"

„Hundertprozentig, Herr Kommissar!"

„Also das Heute-Journal, und das endet so um fünf nach zehn."

„Richtig, manchmal auch ein paar Minuten später. Jedenfalls stimmt's mit der Tatzeit überein."

Konrad Wiese sagte nichts. Wortlos trat er an den Tisch, hob die Zeitung auf, überflog noch einmal den Artikel, den er bereits kannte, hielt plötzlich inne, winkte Düren heran und sagte: „Dacht' ich mir's doch: Die haben sich mit der Zeit vertan, schreiben tatsächlich wenige Minuten nach 22 Uhr, vielleicht auch nur ein Druckfehler, eine Zwei statt einer Drei." Und dann, mit plötzlicher Schärfe: „Vielleicht verrät uns jetzt Herr Schmitz, wieso er schon eine Stunde vor dem Todessturz den Streit und den Schrei hören konnte?"

Der Alte zuckte bei Wieses Worten wie unter Schlägen zusammen, schien noch kleiner werden zu wollen und blickte wie ein geprügelter Hund unsicher von einem zum anderen, ohne sich zu einer Antwort aufraffen zu können.

„Nur ein bißchen wichtig machen wollten Sie sich, stimmt's? Wir von der Kripo haben ja weiter nichts zu tun, als unsere Zeit mit windigen Zeugen zu vertrödeln."

„Ich wollte doch nur . . . nur ein bißchen Ansprache. Wer redet denn noch mit mir? Meine Frau ist weg, und hier im Haus, die Nachbarn, da ist keiner, der auch nur eine Minute Zeit für mich hat."

„Ist ja reizend! Weil sonst niemand mit Ihnen spricht, riskieren Sie ohne jeden Skrupel, daß Ihre Aussage womöglich einen Unschuldigen ins Gefängnis bringt."

„Nein, das nicht, wirklich nicht. Eh's so weit gekommen wäre, hätte ich meine Aussage widerrufen, auf Ehre, Herr Kommissar, das müssen Sie mir glauben!"

„Vielleicht vor Gericht, kaum vorher. Ich darf gar nicht daran denken, was geschehen wäre, wenn in der Zeitung die richtige Tatzeit gestanden hätte. Seien Sie froh, daß wir Sie nicht wegen Irreführung der Polizei belangen. Komm, Pit, wir gehen, bevor ich echt wütend werde."

„Scheißspiel", sagte Düren, als sie wieder auf der Straße standen.

„So kann man's nennen. Pech für Brinkmann und seine Zimmerwirtin, daß wir nun keine bessere Laune mitbringen."

Was den Studenten anging, so konnte es ihm egal sein, in welcher Stimmung sich die beiden Kriminalbeamten befanden, als sie gegen halb zwölf an der Tür mit dem Schildchen Kleinert (1x) und Brinkmann (2x) läuteten: Der angehende Mediziner saß zu diesem Zeitpunkt in einem Hörsaal der Universität. Frau Kleinert dagegen, eine aufgeblondete Mittdreißigerin von einladend runden Formen und eingeübtem Unschuldsblick aus blauen Kinderaugen, war diesmal zu Hause. Sie schien keineswegs überrascht, daß man erneut ihren Untermieter zu sprechen wünschte. Um so größer ihr Erstaunen, daß man auch an sie Fragen hatte.

„Wie ist Ihr Verhältnis zu Herrn Brinkmann?"

„Ich kann nicht klagen. Er zahlt pünktlich seine Miete."

„Zum Jahresende hat er gekündigt. Stimmt das?"

„Ja, er hat gekündigt."

„Dann wird also dieses schöne Zimmer frei? Wie hoch ist denn die Miete?"

Ein kurzes Zögern, dann: „Dreihundertfünfzig plus Nebenkosten."

„Herrn Brinkmann haben Sie nur hundertzwanzig abgenommen. Ein Vorzugspreis?" Frau Kleinert wich seinem Blick aus, zog es vor, die Frage nicht zu beantworten. „Sie haben Frau Stallmach gekannt?" Wiese ließ sie nicht aus den Augen, während Düren, wie zuvor abgemacht, unauffällig den Raum verließ.

„Ja, flüchtig. Kann ich Ihnen irgend etwas anbieten, eine Erfrischung?"

Wiese verneinte. „Wußten Sie, daß Herr Brinkmann und Frau Stallmach befreundet waren, daß sie ein Verhältnis hatten?"

„Ja doch, so etwas bleibt ja nicht lange verborgen, wenn man im selben Haus wohnt."

„Da haben Sie recht. Kein Wunder, daß man uns auch gleich über Ihre Affäre mit Herrn Brinkmann informiert hat."

„Klatsch, alles Klatsch und Tratsch!"

„Aber im Kern zutreffend, nicht wahr?"

„Die Sache ist lange vorbei."

„Seit wann?"

„Was weiß ich, seit Wochen schon, seit bald zwei Monaten."

„Schluß gemacht hat er, oder?"

„Na und, so was kommt alle Tage vor."

In der Tür tauchte Pit Düren auf, nickte ihm zu.

„Frau Stallmach hat Sie also bei Herrn Brinkmann ausgestochen. Da waren Sie doch nicht besonders gut auf sie zu sprechen. Hatten Sie nicht gar eine Mordswut auf sie?"

Frau Kleinert versuchte zu lächeln: „So wichtig war mir die Geschichte nun auch wieder nicht. Schließlich gibt es ja noch mehr Männer auf der Welt."

„Es stimmt demnach nicht, daß Sie Frau Stallmach mit Haß verfolgt, ja sogar bedroht haben?"

„Wer behauptet das?" Frau Kleinert spielte glaubhaft die Rolle der verfolgten Unschuld.

„Sie selbst, wenn auch anonym!" Auf seinen Wink reichte ihr Düren das Schreiben.

„Der Brief ist eindeutig auf Herrn Brinkmanns Schreibmaschine getippt worden", erklärte der Kriminalhauptmeister. „Wir könnten das Papier noch auf Fingerabdrücke untersuchen lassen, aber das erübrigt sich wohl."

„Das denke ich auch, Frau Kleinert", sagte der Kommissar. „Oder leugnen Sie, diesen Brief geschrieben zu haben?"

„Ich wollte ihr doch nur angst machen. Sie sollte wegziehen von hier, verschwinden sollte sie!" Frau Kleinert brach in Tränen aus.

„Und als Frau Stallmach das Feld nicht freiwillig räumte", setzte er nach, „haben Sie nachgeholfen. Wie hat sich das abgespielt?"

„Was?" Frau Kleinert sah ihn aus nassen Augen verständnislos an.

„Sie haben doch Frau Stallmach vorgestern nacht in ihrer Wohnung aufgesucht und . . ."

„Was, ich?" unterbrach sie ihn, und ihre Stimme überschlug sich fast. „Ich war noch nie bei Frau Stallmach in der Wohnung, schon gar nicht Mittwoch nacht! Ja, es stimmt, ich hab sie nicht leiden können, weil sie hat mir den Rudi abspenstig gemacht. Ich hab auch den Brief geschrieben, schon vor Wochen, aber sonst war nichts, gar nichts, Herr Kommissar, ich schwör's beim Leben meiner Mutter!"

„Herr Brinkmann hat aber, als er nachts noch zu seiner Freundin wollte, jemand die Treppe hinunterschleichen sehen."

„Und das soll ich gewesen sein? Herr Kommissar, der einzige, der in die Wohnung konnte, ist Herr Brinkmann."

„Er behauptet, er besäße keinen Schlüssel."

„Ich kann das Gegenteil nicht beweisen. Aber ich weiß, daß sie ihm oftmals Szenen machte. Aus Eifersucht hätte sie ihn am liebsten in einen Käfig gesteckt, das hat er mir selber erzählt."

„Wir werden Ihre Aussagen sehr genau überprüfen, Frau Kleinert, und ich kann für Sie nur hoffen, daß Sie uns nicht angelogen haben."

Auf dem Weg zum Wagen sagte Wiese kein Wort. Auch auf der Fahrt zum Präsidium blieb er schweigsam und in sich gekehrt. Die Vernehmung der Frau Kleinert hatte ihn kaum weitergebracht, der Verdacht gegen sie war weder ausgeräumt noch stärker geworden. Das gleiche traf für den Studenten zu. Eine unbefriedigende Situation. Doch am meisten ärgerte er sich über die Pleite mit diesem Herrn Schmitz. Dabei hatte es zunächst gar nicht so übel ausgesehen. Theoretisch stimmte alles. Sogar die Möglichkeit, daß sich zwei Frauen gestritten haben könnten, hatte der Zeuge, der keiner war, eingeräumt. Einen Augenblick lang hatte sich Wiese bereits triumphieren sehen: Eva-Maria Leicht würde aufgrund der Aussage zusammenbrechen und gestehen! Statt dessen dieser Reinfall. Zugegeben: Immer noch besser, als wenn die Tatzeit gestimmt und er seine weiteren Ermittlungen auf einer Falschaussage aufgebaut hätte. Das Fiasko vor Gericht – nicht auszudenken.

Der Wagen steuerte bereits das Präsidium an. Erst jetzt hatte sich Wiese so weit gefaßt, daß er wie beiläufig das Eingeständnis machen konnte: „War meine Schuld, Pit, die Sache mit dem falschen Zeugen. Eine vermeidbare Panne. Ich hätte gleich am Telefon genauer fragen und vor allem hartnäckiger nachbohren sollen."

„Mach dir nichts draus, Kaweh. Pannen wird es immer geben, da kannst du noch so aufpassen. Übrigens Kompliment, daß du das mit der falschen Zeit sofort gemerkt hast. Ich dachte, du siehst dir diese amerikanischen Superserien nie an."

„Tu ich auch nicht, nur danach die Heute-Sendung. Daher kannte ich mich mit den Zeiten aus."

„Und ich, der ich mir kaum eine Folge entgehen lasse, ich bin nicht drüber gestolpert."

„Hauptsache, wir stolpern noch irgendwann über den Täter."

„Oder die Täterin!" fügte Pit Düren hinzu und ließ die Wagentüre mit sanftem Schwung ins Schloß fallen. Er meinte Brinkmanns eifersüchtige Zimmerwirtin. Doch Wiese, nun wieder einigermaßen mit sich und der Welt im reinen, übersetzte für sich: Oder die Schauspielerin Eva-Maria Leicht.

VIII.

Frau Löffelholz empfing sie mit der Nachricht, daß Oberkommissar Schwan erneut den jungen Eigenbrodt angefordert hatte. Es ging um den nächtlichen Brandanschlag, bei dem sich der Verdacht erhärtet zu haben schien, daß es sich

um einen Racheakt im Zusammenhang mit der Messerstecherei vom Vortag handelte. Erst als Wiese und Düren
beim Mittagessen in der Kantine saßen, tauchte der Kriminalmeister wieder auf, nicht eben in bester Stimmung,
denn der von Schwan vermutete Zusammenhang hatte sich
als unhaltbar herausgestellt. Während Eigenbrodt zu erklären begann, wer nach seiner unmaßgeblichen Meinung
hinter dem Anschlag steckte, wurde Wiese ans Telefon gerufen.

Es war nicht, wie erhofft, seine Freundin Hannelore, in
deren Zahnarztpraxis er am Vormittag angerufen, sie jedoch nicht an den Apparat bekommen hatte. Statt dessen
teilte ihm Frau Löffelholz mit, daß bei ihr das Ehepaar
Rathgeber auf ihn warte. Der Kommissar bat um etwas Ge-
duld, aß seine Kabeljauschnitte in Ruhe zu Ende und sagte
dann, sich verabschiedend: „Die Eltern von Frau Stallmach
sind da. Ich bring sie rüber in die Brehmstraße. Mal sehen,
vielleicht erfahre ich noch was, das uns weiterhilft. Ich
denke, ich bin spätestens in einer Stunde wieder zurück."

Er hatte keine Eile. Er wußte, was ihm bevorstand. Zu oft
schon hatte ihn sein Beruf gezwungen, in ähnlichen Situa-
tionen mit den Angehörigen von tödlich Verunglückten,
von Selbstmördern oder Verbrechensopfern zu sprechen.
Erst vorige Woche der junge Mann, der in seinem Beisein
auf einem Foto in der übel zugerichteten Leiche eines Mäd-
chens seine seit Wochen verschwundene Verlobte erkennen mußte. Schlimmer noch, wenn es galt, ahnungslosen
Menschen den Tod eines nahen Angehörigen zu melden.
Er haßte es, den Todesboten zu spielen. Insofern war er
diesmal gut dran: Die Rathgebers wußten Bescheid, ein
Kollege aus Grünberg hatte die traurige Aufgabe übernom-
men, ihnen den Tod der Tochter mitzuteilen.

War Regine ihr einziges Kind? Wiese ärgerte sich, daß er
nicht einmal das genau wußte. Nur vage glaubte er sich zu
erinnern, daß es noch Geschwister gab. Gestern, in der
Wohnung, hätte er bestimmt eine Antwort auf diese Frage
gefunden, aber da war er ja vollauf damit beschäftigt gewe-

sen, Beweise für eine mehr als freundschaftliche Beziehung zwischen Frau Stallmach und der Schauspielerin Leicht aufzuspüren.

So, jetzt nimm dich zusammen, es ist soweit! Er öffnete die Tür zum Vorzimmer mit einem Ruck, was seinem Auftritt eine Heftigkeit verlieh, die weder zu ihm noch zur Situation paßte. Frau Löffelholz, wie immer ziemlich aufgelöst, machte eine hilflose Geste in Richtung Besucherstühle, wo sich in diesem Augenblick ein Mann und eine Frau wie auf Kommando gleichzeitig erhoben, und sagte: „Herr und Frau Rathgeber."

Der Kommissar entschuldigte sich, er sei aufgehalten worden, und bat das Ehepaar in sein Zimmer. Bevor er die Tür schloß, sagte er zur Sekretärin: „Bitte einen Wagen in die Brehmstraße!" Nachdem die Rathgebers Platz genommen hatten, erkundigte er sich, ob sie eine gute Fahrt gehabt und ob sie schon zu Mittag gegessen hätten. Dabei registrierte sein Blick: Der Mann, vielleicht Mitte Fünfzig, Buchhaltertyp, im Gesicht schwer gezeichnet, auch wenn er sich deutlich Mühe gab, einen gefaßten Eindruck zu machen; seine Frau mit vom Weinen geröteten Augen und geschwollenen Lidern, mit unablässig zuckendem Mund, ohne Chance, ihren Schmerz zu überspielen.

„Möchten Sie eine Erfrischung oder einen Kaffee?" Er hatte schon den Hörer in der Hand. Auf Frau Löffelholzens Kaffeemaschine war allzeit Verlaß.

„Nein, danke!" sagten beide wie aus einem Mund, und Herr Rathgeber fügte hinzu. „Wir möchten möglichst schnell in die Wohnung."

„Verstehe. Wir fahren auch gleich, der Wagen ist schon bestellt. Ich werde Sie begleiten, die Wohnung ist ja noch versiegelt."

„Und haben Sie ihn schon verhaftet?" Der Mann räusperte sich, bevor er fortfuhr: „Ich meine, den Mörder?"

Wiese hob die Hände wie der Pfarrer in der Kirche, ließ sie langsam wieder sinken: „Wir wissen leider noch nicht einmal, wie es zu diesem Sturz gekommen ist. War es ein Unfall, war es Selbstmord, war es . . ."

„Es war Mord, Herr Kommissar, was sonst!?" Herr Rathgeber war aufgesprungen, stand jetzt am Schreibtisch vor ihm und redete erregt auf ihn ein: „Warum sollte sich meine Tochter das Leben nehmen? Sie hatte nicht den geringsten Grund, schon gar nicht nach ihrer Scheidung! Und ein Unfall? Das machen Sie mir erst mal vor, wie man von da oben herunterfallen kann. Kinder ja, aber doch kein erwachsener Mensch. Nein, Herr Kommissar, Regine ist ermordet worden, da gibt es für mich überhaupt keinen Zweifel."

„Und wer soll der Mörder sein?"

„Wer anders als ihr geschiedener Mann?"

Ach Gott, natürlich! Dieser Mann mußte ja auf seinen Ex-Schwiegersohn fixiert sein, der es nicht einmal fertiggebracht hatte, ihn zum Großvater zu machen. Wiese erinnerte sich: In den Briefen an seine Tochter hatte Rathgeber keinen Zweifel an seiner Meinung von Werner Stallmach gelassen: ein windiger, ein unsolider Bursche, von dem auf Dauer nichts Gutes zu erwarten war. Wahrscheinlich hatte er sogar recht mit seiner instinktiven Abneigung, nur nahm diese Voreingenommenheit seinen Aussagen viel von ihrem Gewicht, ja machte sie im Grunde wertlos für die Ermittlungen. Trotzdem sagte der Kommissar: „Herr Stallmach gehört selbstverständlich zu den Verdächtigen, sofern wir es denn mit einem Fremdverschulden zu tun haben."

„Mit Mord, ja, und Werner Stallmach ist der Mörder!"

„Möglich, obwohl nicht sehr wahrscheinlich. Herr Stallmach hat ein ziemlich sicheres Alibi. Er war zwei Tage verreist, zur Tatzeit befand er sich in Hamburg."

„Wenn schon, dann hat er eben einen Killer engagiert. Geld genug hat er ja."

„Auch diese Möglichkeit wird von uns geprüft, Herr Rathgeber." Wiese wollte sich schon erheben, da läutete das Telefon.

„Ich bin's!" Die helle Stimme von Hannelore, munter und unbefangen, als wäre nichts gewesen. Sie überfiel ihn mit einem Redeschwall, einer Suada ohne Punkt und Komma, die er jedoch, anders als bei seinem Chef, durchaus angenehm und amüsant fand. Beiläufig nur erwähnte sie, daß sie in der Zeitung, im Zusammenhang mit dem Todessturz in der Brehmstraße, das Foto der Schauspielerin Leicht gesehen habe und glücklich sei, daß sie sich geirrt habe.

An dieser Stelle unterbrach er sie: „Ist schon gut, ich ruf nachher zurück. Ich habe gerade die Eltern von Frau Stallmach bei mir." Damit legte er auf und wandte sich wieder dem Ehepaar zu: „Ich denke, wir können dann fahren."

Unterwegs, die Rathgebers im Fond, er selbst neben dem Fahrer, wurde nicht viel gesprochen. Ihm war's nur recht so. Auf die drängenden Fragen des Vaters hätte er doch nur ausweichend antworten können.

„Sie kennen die Wohnung?" fragte er, während der Lift sie in den siebten Stock hinauftrug.

„Natürlich. Wir haben unsere Tochter oft besucht. Noch im September waren wir eine ganze Woche hier. Und auch früher, als sie noch mit ihrem Mann zusammenlebte."

„Am Anfang war er wirklich sehr nett." Wenn Wiese aufgepaßt hatte, war dies die erste Äußerung von Frau Rathgeber. Kaum zu verstehen, so gepreßt klang ihre Stimme.

Zum letztenmal und nun endgültig löste er das Polizeisiegel von der Tür, schloß auf und ließ die beiden eintreten. Dann reichte er Herrn Rathgeber die Schlüssel: „Hier, bitteschön, wir brauchen sie nicht mehr."

Im Wohnzimmer öffnete die Frau als erstes die Tür zur Terrasse, dann verschwand sie im Schlafzimmer. Man merkte ihr an, daß sie nur darauf aus war, sich zu beschäftigen, egal wie, Hauptsache, sie fand etwas zu tun, etwas, das sie wenigstens vorübergehend von ihren quälenden Gedanken ablenkte.

Ihr Mann und der Kommissar nahmen im Wohnzimmer Platz. Die tiefstehende Novembersonne zeichnete die offene Tür als perspektivisch verzerrtes, gleißendes Rechteck und den vom Wind hin und her bewegten Store vor dem breiten Fenster als unruhiges Schattenmuster auf den hellen Rauhputz der Seitenwand.

„Für wann können wir die Beerdigung ansetzen, ich meine, wann können wir unsere Tochter . . .“

„Die Freigabe ist bereits erfolgt“, half ihm Wiese. „Hier sind die Stellen, die Ihnen bei der weiteren Abwicklung helfen werden.“ Er gab ihm einen Zettel, auf dem Frau Löffelholz vorsorglich die erforderlichen Adressen und Telefonnummern notiert hatte. „Sie wollen Ihre Tochter gewiß zu Hause beisetzen?“

„Ja, auf unserm alten Dorffriedhof. Da liegen die Großeltern, und da liegt auch Regines Schwesterchen, das nur vier Jahre alt geworden ist.“

„Wissen Sie, ob Ihre Tochter ein Testament hinterlassen hat?“

Der Vater schüttelte den Kopf: „Ich glaube kaum, daß sie an so etwas gedacht hat. Mit einunddreißig, wer denkt da schon ans Sterben.“

„Haben sie noch Kinder?“

„Einen Sohn, zur Zeit beim Bund. Er weiß Bescheid, morgen kommt er auf Urlaub.“

Wiese zögerte, fand keinen Übergang. Endlich fragte er weiter: „Ihre Tochter war lange Zeit mit Eva-Maria Leicht befreundet. Kennen Sie die Schauspielerin?“

„Ja, wir haben sie vor vielen Jahren kennengelernt. Wir, das heißt, meine Frau und ich, wir mochten sie nicht sonderlich. Wir hatten für Schauspielerei nie viel übrig. Regine paßte da nicht rein, ich meine, in diese Kreise. Wir waren sehr unglücklich, als sie dann doch anfing, Theater zu spielen. Wir haben sie nie auf der Bühne erlebt, wir wollten es auch gar nicht. Und dann waren wir froh, ja heilfroh waren wir, als wir erfuhren, daß sie mit dem Theater Schluß gemacht und geheiratet hatte.“

„Sie waren bei der Hochzeit nicht dabei?“

„Nein, sie haben in Hamburg geheiratet, hatten's wohl

furchtbar eilig damit, so daß wir schon glaubten, Regine bekäme ein Kind. Daraus wurde ja leider nichts."

„Damals war Ihnen Ihr Schwiegersohn vermutlich gar nicht so unsympathisch, immerhin verdankten Sie ihm die Rückkehr Ihrer Tochter ins bürgerliche Leben."

„Sympathisch habe ich den Kerl nie gefunden. Aber dankbar, doch, das waren wir ihm damals, obwohl die Hochzeit ohne uns stattfand. Sie sind dann auch gleich in die Flitterwochen geflogen, weit weg auf die Bahamas."

„Und später?"

„Anfangs schien Regine glücklich, ja, richtig glücklich. Erst mit der Zeit änderte sich das, zumindest hatte ich den Eindruck. Und ganz schlimm wurde es Anfang dieses Jahres, so ab Februar, März, als die ersten Gerüchte aufkamen, mein Schwiegersohn und diese Schauspielerin hätten ein Verhältnis. Regine wollte es erst gar nicht glauben. Ausgerechnet ihre beste Freundin, mit der sie schon auf der Schauspielschule zusammen war! Bis zuletzt hat sie sie verteidigt, auch uns gegenüber: Nichts sei dran an den Gerüchten, alles nur Verleumdungen, um sie und ihren Mann auseinanderzubringen. Wenn man sie an seine früheren Weibergeschichten erinnerte, wollte sie's einfach nicht wahrhaben. Und dann teilte er ihr eines Tages kaltschnäuzig mit, sie müßten sich trennen, er könne nicht mehr mit ihr leben. Das war ein schlimmer Schlag für unser Kind."

Rathgeber machte eine Pause, setzte mehrmals an, ohne etwas zu sagen, fand endlich den gemäßen Ausdruck: „Miese Typen alle beide, nicht wahr, Herr Kommissar, es gibt schon verdammt miese Typen! Wir haben damals unsere Tochter für eine Weile zu uns nach Queckborn geholt. Mein Schwiegersohn schlug ihr dann vor, in diese Stadtwohnung zu ziehen, und die hat er ihr ja auch bei der Scheidung überlassen."

„Überlassen müssen", ergänzte seine Frau, die inzwischen, von Wiese unbemerkt, schräg hinter ihm auf einem Stuhl Platz genommen hatte; anscheinend waren ihr die Polster der Sitzgarnitur zu weich. „Erst seit der Scheidung war Regine wieder ganz die alte, machte Zukunftspläne, ja, und war fröhlich wie früher."

„Vielleicht lag's auch ein bißchen an Herrn Brinkmann. Sie kennen ihn?"

„Nein", Rathgeber sah Wiese verständnislos an, „wer soll das sein?"

„Ein Student, der hier im Hause wohnt, und mit dem Ihre Tochter in den letzten Wochen befreundet war, sehr eng befreundet, wie es scheint. Rudi Brinkmann, vierundzwanzig Jahre jung."

Rathgeber schüttelte bedächtig den Kopf: „Nie gehört. Und du, Mutter, sagt dir der Name etwas?"

Kopfschütteln auch bei ihr. Einigermaßen verwunderlich, fand Wiese. Oder sollte die Tochter Hemmungen gehabt haben, den Eltern einen sieben Jahre jüngeren Geliebten zu präsentieren?

„Sie hat doch etwas von einer neuen Bekanntschaft geschrieben, in ihrem letzten Brief, hast du den nicht dabei?"

„Natürlich, ich wollte ihn sowieso dem Herrn Kommissar zeigen." Er griff in seine linke Brusttasche und holte einen zusammengefalteten Brief hervor. „Hier, bitte! Unsere Tochter war keine große Briefschreiberin, sie hat lieber öfter mal angerufen und geplaudert, meist mit meiner Frau. Ich telefoniere ja nicht gern, ich schreibe lieber. Ich finde, man hat mehr davon. Einen Brief kann man so oft lesen, wie man will. Ein Anruf, der ist nur für den Augenblick, ein paar Stunden später hat man das meiste vergessen."

„Du vielleicht, ich nicht", stellte seine Frau richtig. „Ich finde, beim Telefonieren ist man sich näher als beim Schreiben. Auch wenn man sich nicht sieht, allein die Stimme..."

Wiese hörte nur mit halbem Ohr hin. Er las: ... hab ich einen tollen Mann kennengelernt, größer als Werner, blond, blauäugig, ungefähr mein Alter, sehr elegant, tanzt irre gut wie ein Profi, beruflich weiß ich nicht genau, was er macht, ich glaube, so was wie Reiseleiter, jedenfalls im

Touristikgeschäft, aber international. Er spricht fließend englisch und französisch. Die nächsten Tage ist er leider wieder unterwegs, kommt erst in anderthalb Wochen zurück, dann wollen wir was unternehmen. Einziger Minuspunkt: Er mag keine Schlittschuhe und alles, was damit zusammenhängt . . .

War er das, der große Unbekannte, die Verdachtsperson Nummer fünf, bisher mit einem Fragezeichen versehen? Wieses Miene verdüsterte sich. Als ob er an den vier Verdächtigen nicht schon genug zu kauen hätte. „Von wann ist denn der Brief?" fragte er. „Hier ist kein Datum angegeben."

„Das hat sie immer vergessen." Unwillkürlich mußte der Vater lächeln. Ein trauriges Lächeln. „Und den Umschlag mit dem Poststempel haben wir bestimmt gleich weggeworfen. Ich denke, der Brief muß Mitte voriger Woche gekommen sein. War's nicht so, Mutter?"

„Am Dienstag", erinnerte sich seine Frau. „Ich hatte gerade die Waschmaschine angemacht, da kam der Postbote. Er winkte schon von der Gartentüre aus mit dem Brief . . ."

Der Kommissar war längst wieder bei der Briefschreiberin. Er las: Ratet mal, wer mich angerufen hat. Wetten, Ihr kommt nicht drauf! Also gestern, der erste Anruf, das war doch tatsächlich mein Geschiedener. Und was wollte er von mir? Ihr werdet's nicht glauben. Fragt der allen Ernstes bei mir an, ob er nicht mal vorbeikommen könnte, er würde sich gern mit mir aussprechen. Haste Töne! Na, der kam mir gerade recht. Du spinnst, hab ich ganz trocken gesagt, du tickst nicht mehr richtig! Und hab aufgelegt. Als es dann vorhin wieder anruft, denk ich: aha, er probiert's noch mal. War's aber gar nicht. Statt dessen, na, Ihr ratet's doch nicht: die alte Schickse Eva-Maria. Die hab ich natürlich genauso abfahren lassen wie den Werner, sauber mit Caracho! Sagt mal selbst, die zwei haben 'se doch nicht mehr alle. Oder sie haben bereits den ersten großen Krach und brauchen Trost. Sollen sie ja, nur bitte ohne mich . . .

Wiese rechnete nach: Wenn die bisherigen Aussagen im

Kern stimmten, dann war der Brief geschrieben worden, nachdem die Leicht Stallmachs Heiratsantrag abgewiesen und bevor sie ihre einstige Freundin hier in dieser Wohnung über die abenteuerlichen Motive ihres Handelns aufgeklärt hatte. Im Grunde bestätigte der Brief, was ihm die Schauspielerin gesagt hatte. Also eine Entlastung für die Leicht? Wohl kaum, denn zu dem Streit und möglicherweise einer weiteren, verhängnisvollen Auseinandersetzung war es erst nach diesem Brief gekommen.

Aber da war noch etwas, das mit seinem bisherigen Bild nicht übereinstimmte, ein kleines, unscheinbares Steinchen vielleicht nur, das neu war in dem noch unfertigen Mosaik, das er aus Erkenntnissen und Mutmaßungen in mühsamer Puzzlearbeit zusammenzufügen suchte. Und plötzlich wußte er, was es war: Stallmachs Anruf bei seiner geschiedenen Frau, davon hatte er ihm nichts erzählt. Gut möglich, daß er's nicht für wichtig gehalten oder schlicht und einfach vergessen hatte. Trotzdem sollte man da bei Gelegenheit noch einmal nachhaken. Obwohl, im Augenblick würde er sich wohl vor allem um diesen Reiseleiter, oder was immer er war, kümmern müssen.

„Darf ich den Brief vorerst behalten?" fragte er. „Ich lasse ihn im Präsidium fotokopieren, dann kriegen Sie ihn wieder."

„Ist er denn so wichtig? Ich meine, sehen Sie irgendeinen Hinweis auf den Mord, auf den Mörder?"

„Das kann man so nicht sagen, Herr Rathgeber. In jedem Fall müssen wir herausfinden, wer dieser tolle Mann ist, den Ihre Tochter zuletzt kennengelernt hat. Das wird nicht so leicht sein, denn was sie schreibt, ist leider sehr allgemein. Oder hat sie nach dem Brief noch mal angerufen und etwas mehr von diesem Mann erzählt?"

„Doch, angerufen hat sie noch mal, am Wochenende. Sie hat meist am Wochenende angerufen."

„Ja, es war Sonntagnachmittag", erinnerte sich seine Frau. „Ich hab ihre Stimme noch im Ohr, sie war so fröhlich, ja, richtig ausgelassen war sie." Sie schluckte ein paarmal, ehe sie weitersprechen konnte: „Ich habe sie natürlich nach diesem Mann gefragt, und sie hat auch seinen Namen genannt, ein ausgefallener Name, ich meine den Vornamen, was Lateinisches, warten Sie, er fällt mir bestimmt ein . . . ja, Marius, das war's, Marius Hofer oder so ähnlich, ein Allerweltsname wie Meier oder Müller, nein, jetzt hab ich's: Marius Moser, so heißt er. Regine sagte, sie würde ihn diese Woche wiedersehen, er war irgendwo in Afrika, ich glaube, in Ägypten, ja, sie machte noch Witze übers Pyramidenklettern."

„Das ist ja doch schon was, Frau Rathgeber!" Hauptkommissar Wiese war sichtlich erleichtert. Er hatte sich den Namen notiert und dahinter, mit vielen Fragezeichen versehen: Etwa so alt wie Frau Stallmach, also Anfang 30, als Reiseleiter mit einer Gruppe unterwegs in Ägypten, ca. acht bis zehn Tage. „Mit etwas Glück werden wir diesen Marius Moser in kurzer Zeit aufspüren." Er war aufgestanden und verabschiedete sich von Regines Eltern.

„Mich interessiert dieser Moser nicht", sagte Vater Rathgeber, der Wiese bis zur Tür begleitet hatte. „Sie wissen, für mich heißt der Mörder meiner Tochter Werner Stallmach!"

„Es sei denn, er hat, wie Sie selber meinten, einen Killer beauftragt."

IX.

Zurück im Präsidium, hatte Konrad Wiese kaum den jungen Lutz Eigenbrodt auf die Spur dieses Marius Moser angesetzt, als Kriminalhauptmeister Düren erschien. Er wirkte seltsam unentschlossen, ja irgendwie verbiestert, was er an ihm eigentlich nicht kannte.

„Was ist, Pit? Noch immer nichts Definitives aus Hamburg? Oder wo drückt dich der Schuh?"

„Die Hamburger schweigen sich aus, weiß der Teufel, warum. Aber das ist es nicht." Er zog sich einen Stuhl heran, ließ sich mit seinen zwei Zentnern achtlos darauf fallen, daß Wiese ihn schon zusammenkrachen sah. „Wir haben da einen Hinweis bekommen, danach hatte die Leicht vor zwei Jahren hier in Düsseldorf eine lesbische Affäre. Auch die Partnerin wurde uns genannt."

„Eine lesbische Affäre? Nicht uninteressant. Was macht dir dabei Kopfzerbrechen?"

„Die Quelle. Eine der widerlichsten Schnüffelnasen unter den hiesigen Journalisten."

„Dirk Norden?"

„Richtig. Selbst seine Kollegen nennen ihn nur die Ratte."

„Und ausgerechnet der hat das ausgegraben? Wieso bringt er das nicht in seinem feinen Blättchen unter?"

„Die haben sich doch auf den Brinkmann eingeschossen. Da paßt ihnen die Leicht nicht ins Konzept, zumal die ein beliebter Fernsehstar ist."

Bei dem Gedanken, womöglich diesem Skandalreporter den entscheidenden Hinweis zur Lösung des Falles Stallmach verdanken zu müssen, erfüllten den Kommissar Widerwillen und Abwehr. Dann aber sah er wieder die Schauspielerin vor sich, diesen kaum wahrnehmbaren Spott im lächelnden Blick, mit dem sie ihm ihre Überlegenheit zu demonstrieren pflegte, und er fragte: „Wer ist die Partnerin?"

„Eine bekannte Feministin. Hier!" Düren reichte ihm ein Taschenbuch. „Das vierte Kapitel betrifft die Dame Leicht."

Auf dem bunten Einband mit Rot als vorherrschender Farbe stand: Vilma Gebhardt – Liebe ohne Tabu – Erotische Erfahrungen von Frauen mit Frauen. Darunter der Name eines angesehenen Verlages. Im Inhaltsverzeichnis waren die Kapitelüberschriften angegeben: acht Frauennamen. „Unter viertens heißt es hier: Marie-Louise. Meinst du das?"

„Eine durchsichtige Tarnung. Die Ratte hat eindeutig Beweise, daß es sich um Eva-Maria handelt."

„Und was verlangt der Kerl? Der macht's doch nicht umsonst?"

„Wir sollen ihn vor den anderen informieren und exklusiv mit Zitaten aus dem Vernehmungsprotokoll versorgen, falls wir die Leicht verhaften und der Tat überführen können."

Wiese verzog das Gesicht, als hätte er eine bittere Arznei geschluckt: „Typisch Ratte, schmeckt mir ja überhaupt nicht!" Während er nachdachte, malträtierte er mal wieder seine Brauen und Schläfen, bis sich seine Miene plötzlich aufhellte. „Ich hab's. Wir werden auf die Beweise verzichten, aber die Information nutzen. Vielleicht schaffen wir's auch mit Bluff. Läßt du mir die Schwarte da?"

„Lies dich aber nicht fest, Kaweh!" Düren grinste vielsagend. „Sonst kommst du noch auf unkeusche Gedanken."

„Sehr witzig! Ich sehe, du hast dich bereits sachkundig gemacht."

„Quatsch mit Soße, ich hab ja kaum reingeguckt, hatte gar keine Zeit, und wenn du's genau wissen willst, ich würde so was links liegen lassen, führt uns ja nur weg von unserem eigentlichen Fall. Außerdem sage ich mir: Ratte bleibt Ratte, und darum Finger weg von solchen Typen."

„Einverstanden, Pit, nur – warum hast du mir's dann erzählt und schleppst mir auch noch die Schwarte an?"

„Sollte ich dir die Geschichte etwa unterschlagen? Auf jeden Fall ist mir nicht wohl dabei. Übrigens geht Brinkmann jetzt in die Offensive. Über einen Anwalt hat er eine einstweilige Verfügung erwirkt, und eine Verleumdungsklage ist auch schon unterwegs."

„Wegen dieser Hochhausgeschichte aus der Kaiserstraße? Gar nicht mal so aussichtslos. Von uns ist die Presse zum Glück ja nicht in dieser Richtung informiert worden. Andererseits besagen juristische Schritte noch nichts über Schuld oder Unschuld. Vielleicht ist alles nur ein Ablenkungsmanöver. Woher weißt du's?"

„Er rief vorhin hier an, wollte eigentlich dich sprechen."

„Hast du ihm gesagt, daß wir bei seiner Zimmerwirtin waren? Und was die Kleinert so über ihn gequatscht hat?"

„Natürlich nicht."

„In Ordnung. Inzwischen gibt es einen weiteren Verdächtigen." Und er berichtete, was ihm die Rathgebers über die letzte Bekanntschaft ihrer Tochter erzählt hatten. „Eigenbrodt recherchiert schon. Den Brief hat er mit. Er soll eine Fotokopie machen lassen, hoffentlich vergißt er's nicht, er stand schon wieder unter Dampf, kaum daß ich ihm die Sache erklärt hatte. Das krasse Gegenteil von unserm braven Schwan."

„Apropos gesunder Schlaf: Ich versuch's noch mal mit Hamburg. Irgendwann müssen die doch mit diesem verdammten Alibi klarkommen!"

Als Düren gegangen war, ließ sich Wiese von Frau Löffelholz mit Kaffee versorgen und vertiefte sich in Vilma Gebhardts erotische Erfahrungen mit einer Schauspielerin, die sie Marie-Louise nannte, und in der er schon nach wenigen Absätzen tatsächlich die schöne Eva-Maria Leicht wiederzuerkennen meinte. Seine anfängliche Scheu, sich auf diese Weise wie ein Voyeur in ihre privateste Sphäre einzuschleichen, diese Scheu verlor sich bald, denn statt schwüle Geständnisse und undelikate Schilderungen aneinanderzureihen, zeigte sich die Autorin als erfrischend unkomplizierte und humorvolle Erzählerin, der es gelang, von den heikelsten Dingen mit einer nie verletzenden Unverblümtheit und einem herrlich ungenierten Mutterwitz zu sprechen, wie ihn wohl nur eine waschechte Berlinerin hervorzaubern konnte. Unversehens fand sich Wiese von dieser Art der Darstellung so angetan, daß er die Begegnung der beiden Frauen auf einer Premierenfeier und deren private Fortsetzung in der ihm bereits bekannten Wohnung mit den hellen Biedermeiermöbeln durchaus mit Sympathie verfolgte und schließlich auch den phantasievollen, dezent einfühlsam beschriebenen Austausch von Zärtlichkeiten bis hin zum Rausch, zur Ekstase keineswegs als abstoßend empfand.

Erst als er das Buch aus der Hand legte und, das Gelesene noch einmal überdenkend, sich bewußt machte, wie selbstverständlich und zielstrebig die etwa dreißigjährige

Autorin die nur wenig ältere Schauspielerin verführt, ja, wie ein Mann erobert hatte, erst da kamen ihm mit der Erinnerung an seine Tochter Bedenken. Er sah plötzlich Karin vor sich, eine fremde junge Frau, umarmt von einer anderen, einer gänzlich unbekannten Frau, beide nackt und in ähnlichen Posen, ähnlichen Verzückungen, wie sie Vilma Gebhardt so zart und zugleich so unzweideutig beschrieben hatte. Ohne sich dessen bewußt zu werden, überließ er sich einer Welle dumpfen Unbehagens, das ihn bei jeder neuen Szene, die ihm seine väterliche Eifersucht vorgaukelte, mit wachsender Bitterkeit erfüllte.

Am Ende verstand er sich selbst nicht mehr. Warum zögerte er noch? Fest stand doch eines: Die Schauspielerin hatte ihn angelogen. Das Buch ließ keinen Zweifel an ihrer Identität und am Charakter ihrer Beziehung zu Vilma Gebhardt. Was brauchte er sie zu schonen? War es nicht auch eine Frau wie die Leicht oder diese Gebhardt, die ihm seine Tochter entfremdet hatte? Der er es verdankte, daß Karin mit Männern nichts mehr zu tun haben wollte? Den Gedanken, daß Karins Ex-Freund, der treulose Jurist, womöglich entscheidend dazu beigetragen hatte, diesen Gedanken schob er als störend beiseite.

Wie hatte Regine Stallmach die Leicht in ihrem letzten Brief an den Vater genannt? Diese Schickse Eva-Maria... Ziemlich brutal, aber hatte sie nicht recht, die einstige Freundin so zu beschimpfen? Und war er nicht verdammt töricht, daß er sich vom unbezweifelbaren Charme der Schauspielerin dermaßen beeinflussen, daß er sich von ihr in jeder Hinsicht etwas vormachen ließ? Nein, wirklich, es gab für ihn keinen Grund, sie noch länger mit Samthandschuhen anzufassen. Schließlich hatte sie für die Tatzeit kein Alibi, und daß sie nach der Vorstellung eine Dreiviertelstunde ziellos durch die Stadt gebummelt sein wollte, also das würde vor Gericht wohl niemanden überzeugen.

Entschlossen griff er zum Hörer, drückte erst die Taste für eine Amtsleitung, dann die sechs Ziffern ihrer Telefonnummer. Er hörte, wie der Ruf abging, ließ es gut ein dutzendmal läuten, aber die Schauspielerin meldete sich nicht. Wahrscheinlich war sie nicht zu Hause, oder sie hatte keine Lust zu telefonieren. Eine Haltung, die er respektieren mußte. Immerhin machte er es gelegentlich genauso. Früher, als seine Frau noch lebte, war es einfacher gewesen, da hatte sie alle Gespräche entgegengenommen, und er ging nur an den Apparat, wenn er wußte, wer dran war. Oder er hatte etwas später zurückgerufen.

Auf sein Zeichen kam Frau Löffelholz herbeigeeilt, Schreibzeug in der Hand und Bereitschaft im Blick. Er bat sie, das Nötige zu veranlassen, damit Frau Leicht für morgen vormittag um halb elf eine Vorladung in Sachen Regine Stallmach erhielt. Falls man sie in ihrer Wohnung nicht erreichte, könne man ihr die Vorladung auch abends im Theater zustellen. Samstagvormittag, kein schlechter Termin, um jemand, der vermutlich noch nie mit der Polizei zu tun hatte, nervös zu machen. Und dann die Überraschung, daß man mehr wußte, als bisher angenommen, daß man Kenntnis hatte von Dingen, die Madame vor jeglicher Neugier geschützt wähnte. Diesen Schock galt es zu nutzen, notfalls dadurch, daß man bloße Vermutungen als gesicherte Erkenntnisse hinstellte und Madame auf diese Weise in die Enge trieb. Ein Geständnis war dann nur noch eine Frage der Zeit.

Aus seinen, den Tatsachen weit vorauseilenden Gedanken riß ihn das Telefon. Düren meldete ihm, daß er endlich die Hamburger gesprochen habe: „Sie schicken ein Telex."

„Warum das?"

„Irgendwas scheint unklar zu sein. Jedenfalls haben sie da eine Frau aufgetan, Gast in derselben Pension wie Stallmach, die etwas beobachtet haben will, was die sich nicht recht zusammenreimen können."

„Hoffentlich nicht nur eine Wichtigtuerin oder, noch schlimmer, eine mit 'nem leichten Dachschaden."

„Das fürchte ich allerdings. Na, wir werden ja bald mehr wissen. Sie haben versprochen, in spätestens einer halben Stunde haben wir das Telex."

Fünf vor halb vier. Bis um voll würde das Fernschreiben wohl da sein, gerade noch zeitig genug, um gegebenenfalls Recherchen anzustellen. Im Grunde versprach er sich nicht viel von der angekündigten Aussage dieses Pensionsgastes. Meist handelte es sich bei solchen Zeugen um allzu phantasiebegabte und fernsehkrimierfahrene Zeitgenossen, deren Beobachtungsfähigkeit leider in keiner Weise an ihre Kombinationslust heranreichte. Immer wieder erlebte man Zeugen, die vor Gericht, wenn es zum Schwur kommen sollte, sich an ihre vor der Polizei gemachten Aussagen plötzlich nicht mehr erinnern konnten oder wollten und sie unbekümmert widerriefen. Und war es nicht erwiesen, daß beispielsweise bei Autounfällen selten auch nur zwei Zeugen dasselbe beobachteten? Wieses tiefe Skepsis, die er grundsätzlich jedem Zeugen zunächst einmal entgegenbrachte, resultierte aus einer jahrzehntelangen Erfahrung im Polizeidienst, und wenn er heute auch beinahe auf den einsamen Strohwitwer Schmitz aus der Scheidtstraße hereingefallen wäre, so tat er sich doch einiges darauf zugute, daß ihm der Ruf anhing, von allen Düsseldorfer Kollegen derjenige zu sein, der sich von Zeugen – wie von Beschuldigten – am wenigsten etwas vormachen ließ.

Ein kurzes Klopfen, schon stand Eigenbrodt in der Tür, fragte: „Stör ich?"

„Wenn's was Dienstliches ist, nie!"

Der junge Beamte trat näher, meldete: „Dieser Marius Moser muß ein Geist sein, überall Fehlanzeige. Er steht nicht im Telefonbuch, ist nicht polizeilich gemeldet, auch erkennungsdienstlich ist er nirgends erfaßt, weder bei uns noch beim LKA. Außerdem hab ich mich am Flughafen erkundigt, ob in der Zeit von Montag früh bis Mittwochabend eine Reisegruppe aus Ägypten zurückgekehrt ist mit einem Marius Moser als Reiseleiter: Dito Fehlanzeige."

„Danke, da fehlt uns wohl noch der rechte Durchblick. Die Sache ist insofern verzwickt, als wir ja nicht mal genau wissen, ob der Mann sich wirklich so genannt hat. Frau Rathgeber glaubt sich zu erinnern. Was das heißt, brauche ich Ihnen nicht zu erklären. Selbst wenn sie sich korrekt erinnert, müssen wir immer noch mit der Möglichkeit rechnen, daß der Mann einen falschen Namen angegeben hat. Nur – warum? Wenn wir das wüßten, wären wir ein gutes Stück weiter."

„Vielleicht ist er ein Heiratsschwindler, der unter vielen Namen reist, heute hier, morgen in Hamburg und übermorgen in München. Ich könnte in Wiesbaden anfragen. Vielleicht hat deren Computer einen Marius Moser als Heiratsschwindler gespeichert."

„Keine schlechte Idee. Ich glaub zwar nicht recht daran, aber ich sehe ihn doch eher in der Rolle eines Schwindlers als in der eines Killers."

„Wieso? Rechnen Sie auch damit?"

„Man muß auf alles gefaßt sein. Und Herr Rathgeber läßt sich nun mal nicht davon abbringen, daß Stallmach der Mörder ist, beziehungsweise daß er einen Killer beauftragt hat, seine Ex-Frau aus dem Wege zu räumen."

„Ist das so ausgeschlossen?"

„Eben nicht. Trotzdem, mir riecht's zu sehr nach Kriminalroman. Alain Delon spielt so was sehr überzeugend."

„O ja, Mister Ripley oder Typen wie den eiskalten Engel."

„Ich sehe, Sie schätzen das Genre. Morde durch bezahlte Killer kommen jedoch in unseren Breiten relativ selten vor. In Italien, ja, da sieht das etwas anders aus, und natürlich in Amerika. Hierzulande begegnet einem das eher bei Derrick oder dem Alten."

„Man könnte fast annehmen, Sie halten ihn weder für einen Killer noch für einen Heiratsschwindler. Statt dessen vermuten Sie, daß dieser Moser in Wirklichkeit Müller, Meier oder Schulze heißt, vielleicht ein verheirateter Mann, der unter falschem Namen sich Hoffnung auf einen Seitensprung gemacht hat."

„Gar nicht so verkehrt, Herr Eigenbrodt, obwohl ich sagen muß, Sie haben eine ganz schön lockere Phantasie."

Er lachte. Mit dem jungen Kriminalmeister kam er gut

zurecht. Seine frische Art gefiel ihm. „Na, dann probieren Sie mal Ihr Glück beim Kommissar Computer, vielleicht verrät der Ihnen etwas über unseren potentiellen Heiratsschwindler!"

„Sofern er nicht in die Sparte Berufskiller gehört."

X.

Vier Uhr war schon durch und der Kommissar längst nicht mehr so gut gelaunt, als Frau Löffelholz mit dem angekündigten Telex aus Hamburg erschien.

„Na endlich!" sagte er und riß ihr das umfangreiche Fernschreiben förmlich aus der Hand, so daß sie einen Moment ganz verstört und wie erstarrt dastand, ehe sie an seinem verbissenen Schweigen merkte, daß sie nicht mehr gebraucht wurde, und sich hastig entfernte. Konrad Wiese aber las mit wachsendem Verdruß, was seine Hamburger Kollegen aus unerfindlichen Gründen erst jetzt ihm mitzuteilen für nötig erachteten:

Betrifft Überprüfung des Aufenthalts von Werner Stallmach in Hamburg in der Nacht vom Mittwoch zum Donnerstag.

1. Wie schon gemeldet, bestätigt die Wirtin der Pension Stella in Hamburg-St. Georg, Frau Anna Kurowski, daß Herr Stallmach, seit Jahren einer ihrer Stammgäste, von Dienstagnachmittag bis Donnerstagmorgen ein Zimmer bei ihr gemietet hat.

2. Eine genaue und ständige Kontrolle über An- oder Abwesenheit der Pensionsgäste ist nicht möglich, da es keinen Nachtportier gibt: Jeder Gast erhält außer seinem Zimmer- einen Hausschlüssel, der es ihm erlaubt, auch nachts jederzeit zu kommen und zu gehen.

3. Bereits gestern erwähnte die Wirtin eine Frau Thaler, die schon seit einiger Zeit mit ihrem Mann in der Pension

wohnt und am frühen Donnerstagmorgen eine merkwürdige Beobachtung gemacht haben will. Da Frau Kurowski aber nicht sicher war, ob sie auch richtig hingehört hatte, mußten wir warten, bis wir Frau Thaler sprechen konnten. Das ist heute vormittag geschehen.

4. Hier nun die Aussage von Frau Gertrud Thaler, 62, aus Zierenberg bei Kassel: „Am Donnerstagmorgen habe ich mit meinem Mann, dem Privatgelehrten Dr. phil. Egon Friedrich Thaler, 71, die Pension Stella bereits kurz vor halb sechs verlassen, um ihn zum Frühzug nach Husum zu bringen, wo er im dortigen Storm-Archiv zu arbeiten hatte. Im Bahnhof habe ich dann zu meiner Überraschung Herrn Stallmach gesehen, doch hat er uns offenbar nicht bemerkt. Auch ich hätte ihn fast nicht erkannt, denn er trug einen großen, breitrandigen Künstlerhut, dunkelblau oder schwarz, mit dem ich ihn noch nie gesehen hatte. Er befand sich in einer Menschenmenge, die von einem der tiefergelegenen Bahnsteige die Treppe heraufkam und zu den Ausgängen strömte. Er hatte anscheinend kein Gepäck dabei. Es muß etwa zwanzig vor sechs gewesen sein. Da der Zug nach Husum fast eine halbe Stunde Verspätung hatte, kam ich erst gegen halb sieben in die Pension zurück. Im Frühstückszimmer sah ich Herrn Stallmach sitzen. Ich wollte ihn schon fragen, was er denn so früh am Bahnhof gemacht hat, doch da bemerkte ich die Wirtin, die neben ihm stand, und mit der er wohl gerade abrechnete. Später, als ich selber zum Frühstücken herunterkam, erzählte ich meine Beobachtung Frau Kurowski. Die aber meinte, da hätte ich mich bestimmt verguckt, denn Herr Stallmach habe sich um zwanzig vor sieben mit einem Taxi zum Flughafen fahren lassen."

5. Frau Thaler ist überzeugt, sich nicht geirrt zu haben, möchte jedoch auf keinen Fall vor Gericht und schon gar nicht unter Eid aussagen. Außerdem ist bei ihrer Aussage zu berücksichtigen, daß sie zu einem Zeitpunkt gemacht wurde, als Frau Thaler durch die hiesige Presse bereits

Kenntnis haben konnte von dem nächtlichen Todessturz der geschiedenen Frau Stallmach in Düsseldorf.

Na, wirklich großartig, diese Hamburger! Präsentieren einem erst eine tolle Story, daß man schon halb auf dem Wege zum Staatsanwalt ist wegen eines Haftbefehls, und dann, mit dem letzten Punkt, stellen sie alles wieder in Frage. Wütend knetete Wiese einmal mehr Stirn und Brauen, starrte blicklos auf die Papierfahne mit dem Telex. Endlich griff er zum Hörer, wählte eine Nummer und sagte: „Pit, komm doch mal rüber, das Schreiben aus Hamburg ist da."

Dürens Reaktion unterschied sich kaum von der des Kommissars: „Was heißt denn das nun wieder? Ist die Dame glaubwürdig oder nicht? Warum will sie nicht unter Eid aussagen? Hat sie vielleicht nur etwas zu intensiv Zeitung gelesen und sich die Geschichte zusammengereimt wie unser Rentner aus der Scheidtstraße?"

„Das habe ich mich auch zuerst gefragt, aber dann wurde ich unsicher. Offenbar hat Frau Thaler ihre Beobachtung schon gestern morgen der Pensionswirtin mitgeteilt, und da stand vom Todessturz noch nichts in den Zeitungen."

„Andererseits hat sie sich wohl reichlich unklar ausgedrückt, sonst hätte die Wirtin positiver reagiert. Erst nach der Zeitungslektüre heute morgen bekam unsere Zeugin auf einmal den klaren Durchblick."

„So seh ich's im Grunde auch, nur – was hilft's? Wir müssen der Sache nachgehen und werden höchstwahrscheinlich kostbare Zeit verplempern mit ebenso langwierigen wie unergiebigen Recherchen."

„Es sei denn, wir werfen Frau Thaler so schnell aus dem Rennen wie vorhin Herrn Schmitz."

„Ein bißchen schwierig – bei der Entfernung. Gehen wir also mal davon aus, Herr Stallmach hätte seine geschiedene Frau umgebracht. In diesem Fall kann sein Alibi nicht stimmen. Für die Nacht zum Donnerstag hat er angegeben, er sei erst in der Oper gewesen und anschließend, ja, ich glaube, er ist dann gleich in die Pension zurückgekehrt.

Die Theaterkarte hatte er gestern morgen nicht dabei, hat sie jedoch angeblich später zu Hause gefunden. Das ließe sich nachprüfen. Kritischer sieht's mit dem Alibi für den Rest der Nacht aus. Wie wir nun endlich erfahren durften, gibt es in dieser Pension nachts praktisch überhaupt keine Kontrolle. Ein Gast kann durchaus einige Nachtstunden woanders zubringen, ohne daß dies jemandem in der Pension auffallen muß. Etwas anderes ist die Frage, ob ein paar Stunden ausreichen, um per Bahn, Flugzeug oder per Mietwagen von Hamburg nach Düsseldorf zu reisen, dort genau nach Plan einen Mord so durchzuführen, daß es wie Unfall oder Selbstmord aussieht, und noch in derselben Nacht nach Hamburg zurückzukehren."

„Ziemlich unwahrscheinlich, schauen wir's uns trotzdem mal näher an", sagte Düren, verschwand im Vorzimmer, wo Wiese ihn mit Frau Löffelholz palavern hörte, und kam gleich darauf mit zwei kleinformatigen Broschüren zurück, die er seinem Chef reichte: „Das eine ist ein Fahrplan der Bundesbahn mit den schnellsten Städteverbindungen, das andere der offizielle Flugplan für den Monat Oktober, dürfte wohl auch für den November gelten."

„Danke. Ich nehme mir die Bahn vor. Wenn Frau Thaler sich nicht irrt, ist Stallmach morgens mit dem Zug in Hamburg eingetroffen. Sieh du inzwischen nach, was für Möglichkeiten er hatte, abends von Hamburg nach Düsseldorf zu fliegen."

Eine Weile waren beide beschäftigt. Dann meldete sich Düren: „Hab ihn schon! Hörst du, Kaweh? Für den Hinflug kommt wohl nur die letzte Maschine in Frage, die um 19.15 Uhr. Da wäre er kurz nach acht hiergewesen."

„Versuch das nachher anhand der Passagierlisten zu checken. Möglich auch, daß Stallmach unter anderem Namen gebucht hat. Und nun zur Bahn. Nach Hamburg gibt es mehr als zwanzig Züge, die meisten Intercity. Als erster steht hier ein D 839, Abfahrt von Düsseldorf um eine Minute nach Mitternacht, der kommt um 5.36 Uhr in

Hamburg an, also ziemlich genau zu der Zeit, die Frau Thaler angegeben hat."

„Wenn die sich nur wichtig machen will, hat sie natürlich auch in den Fahrplan geguckt."

„Schon möglich. Das Ganze ist sowieso vorerst noch reine Spekulation. Kommt hinzu: Wenn Stallmach wirklich der eiskalte Mörder ist, als den wir ihn uns im Augenblick denken, wie wollen wir ihm die Tat nachweisen? Unsere famose Zeugin aus Hamburg können wir dabei auf jeden Fall vergessen."

„Ich frage mich auch, was für ein Motiv könnte der Mann haben, seine geschiedene Frau umzubringen. Ich sehe keines. Und du?"

Wiese antwortete nicht sofort. Er überlegte. Da war noch etwas gewesen, das zu klären er sich vorgenommen hatte. Aber was? Endlich kam er drauf: Regine Stallmachs letzter Brief an ihre Eltern. „Nein, ein Motiv ist nicht zu erkennen", sagte er schließlich. „Nur, da ist noch ein unklarer Punkt. Warum hat mir Stallmach verschwiegen, daß er seine Ex-Frau etwa anderthalb Wochen vor ihrem Tod noch einmal angerufen hat?"

„Ach, dieser Brief, von dem du gesprochen hast, wo ist der überhaupt? Ich hab ihn noch immer nicht gesehen."

„Kein Wunder. Unser junger Maigret fahndet nach einem gewissen Moser und hat natürlich das Fotokopieren vergessen. Hoffentlich taucht er bald wieder auf, nicht nur mit der Kopie, sondern auch mit gutem Ergebnis. Also paß auf, in ihrem letzten Brief an die Eltern schrieb Frau Stallmach unter anderem, daß ihr geschiedener Mann sie angerufen und um eine Aussprache gebeten hat. Sie war jedoch darauf keineswegs erpicht und hat einfach aufgelegt."

„Versteh ich, ich meine, ich versteh den Stallmach. War doch peinlich für so einen erfolgsverwöhnten Typ, derart abzublitzen. Und da er nicht damit rechnen mußte, daß du von der Geschichte erfährst, hat er dir nichts davon erzählt."

„Trotzdem, die Frage bleibt: Was sollte diese Aussprache

für einen Zweck haben, die Scheidung war immerhin schon Anfang Oktober?"

„Keine Ahnung. Aber es soll ja vorkommen, daß Eheleute sich nach der Scheidung besser verstehen als vorher."

„Wohl kaum in unserem Falle, denn Regine Stallmach wollte offensichtlich mit ihrem Ex-Mann nichts mehr zu tun haben."

„Vielleicht fällt uns dazu heut abend noch eine Antwort ein", sagte Düren. „Ich kümmere mich jetzt erst mal um die Passagierlisten."

„Und noch eins, veranlasse bitte, daß man uns die heutigen Ausgaben aller Hamburger Zeitungen besorgt. Vielleicht bringt uns die Lektüre auf eine Idee, wie wir Frau Thalers Aussage oder Stallmachs Alibi zu Fall bringen."

Düren machte die Tür hinter sich zu, und Wiese ging in Gedanken noch einmal die Ergebnisse der bisherigen Ermittlungen durch. Gar nicht so wenig, was da zusammenkam. Es fehlte leider nur die vielzitierte „heiße" Spur, statt dessen konnte er eine ganze Reihe von Verdächtigen vorweisen, und gegen jeden sprachen gewisse Momente, wenngleich nach wie vor unbewiesen war, daß es sich tatsächlich um ein Verbrechen handelte.

Sehr weit kam er nicht mit seinen Überlegungen, denn unversehens öffnete sich die Tür, und herein trat sein Chef, Kriminaldirektor Vandenberg, und fragte betont munter: „Nun, Herr Wiese, wie stehen die Aktien? Sehen Sie schon ein bißchen klarer als heute morgen?"

Dieser Vandenberg hatte ein ausgesprochenes Talent, ihn immer im unpassendsten Moment zu stören. In der entscheidenden Frage hatte sich nämlich seit der Frühbesprechung nichts geändert: Man tappte im dunkeln. Und genau das war das letzte, was Vandenberg von ihm zu hören wünschte. So trat denn der Kommissar die Flucht nach vorn an: „Es haben sich eine Reihe neuer Verdachtsmomente ergeben, nur haben sie einen großen Nachteil: sie richten sich gegen verschiedene Personen. Darüber hinaus haben wir einen weiteren Verdächtigen ermittelt, wahrscheinlich die letzte Bekanntschaft, die Regine Stallmach vor ihrem Tod gemacht hat."

„Noch ein Verdächtiger? Hm!" Vandenberg schwieg, und Wiese sah, wie es hinter seiner Stirn arbeitete. Nein, er mochte seinen Chef nicht sonderlich, er hätte sich einen mit mehr Phantasie, mehr Einfühlungsvermögen gewünscht. Aber wo durfte man sich schon seinen Chef aussuchen? „Einmal ganz unter uns, Herr Wiese, auf wen tippen Sie denn?"

„Tippen?" wich er der Frage aus. „Ach wissen Sie, ich tippe nie, nicht mal im Lotto. Ich bin wohl das Gegenteil einer Spielernatur. Ich zähl mir's an den Knöpfen ab, ja nein ja nein ja – also das ist nicht meine Art. Ich mag den Zufall nicht. Wo ich kann, wehre ich mich gegen seine Macht, und ich begreife nicht, wie einer ein Vergnügen daran findet, sich aus freien Stücken vom Zufall an der Nase herumführen zu lassen."

Vandenberg fiel prompt auf sein Ablenkungsmanöver herein: „Wieso? Manchmal meint es der Zufall auch sehr gut mit einem. Letzten Sonntag zum Beispiel, da hatte ich beim Skat den ganzen Abend unverschämtes Glück. Wir spielen zwar nicht um große Beträge, doch am Ende kam ein hübsches Sümmchen zusammen."

„Und wie oft haben Sie schon verloren? Sagen wir, per saldo plus minus null, dann haben Sie's noch gut getroffen, für die meisten läuft das Spiel mit dem Zufall weniger gut. Denken Sie nur an die Lottospieler, die Woche für Woche den Zufall herausfordern und doch fast immer danebentippen."

„Apropos tippen: Sie wollen mir also nicht verraten, auf wen sich Ihre Ermittlungen konzentrieren?" Vandenbergs lauernder Blick taxierte ihn wie ein Maler ein unfertiges Bild, hellte sich erst allmählich auf: „Dann versuch ich's mal mit einem Tip: Ist es vielleicht Brinkmann, der Student?"

„Zwecklos, Herr Vandenberg!" Wiese lachte, ein ziemlich gekünsteltes Lachen: die Hartnäckigkeit seines Chefs ging ihm mächtig auf den Geist. „Soviel Sie sich auch bemühen, Sie kriegen mich nicht dazu, Ihnen schon jetzt einen Hauptverdächtigen zu nennen. Es wäre unverantwortlich von mir zu diesem Zeitpunkt. Andererseits bin ich einigermaßen zuversichtlich, daß ich Ihnen bis morgen mittag den Täter oder die Täterin präsentieren kann."

„Ich bin übers Wochenende nicht hier. Ich fahre mit meiner Frau zu Freunden nach Godesberg, und zwar noch heute abend." Er machte eine Pause, erwartete anscheinend eine Frage, sagte dann, indem er ihm einen Zettel reichte: „Hier, unter dieser Nummer bin ich zu erreichen, nur in dringenden Fällen, versteht sich. Das heißt natürlich auch, wenn sich im Fall Stallmach Entscheidendes tut."

Wiese wünschte ihm gute Fahrt und ein angenehmes Wochenende in Godesberg, versprach, ihn am Samstagvormittag in jedem Fall anzurufen und Bericht zu erstatten, und schlug innerlich drei Kreuze, als Vandenberg endlich verschwand. Immerhin war es ihm gelungen, seinen Chef mit allgemeinen Redensarten hinzuhalten und ihn auf morgen zu vertrösten. War er auch nicht sicher, den Fall bis dahin zu lösen, so sah er doch keinen Grund, dies für völlig unmöglich zu halten.

XI.

Die Frage nach dem Hauptverdächtigen, auf die er sich Vandenberg gegenüber nicht eingelassen hatte, beschäftigte den Kommissar nun schon den ganzen Nachmittag. Als er neuerlich in den Notizen las, die er sich von seinen Gesprächen mit Frau Leicht gemacht hatte, stolperte er plötzlich über eine Äußerung, die ihm zuvor nicht aufgefallen war. Danach hatte Regine Stallmach ihre Weigerung, ans Theater zurückzukehren, unter anderem damit begründet, daß ihr die Unterhaltsregelung ein unabhängiges, sorgenfreies Leben ermöglichte.

Was war darunter zu verstehen? Vielleicht eine monatliche Rente von drei- oder viertausend Mark oder mehr? So oder so, auf keinen Fall eine übermäßige oder gar unerträgliche Belastung für den Juniorchef der Stallmach-Werke. Andererseits: Wie viele Morde wurden wegen erheblich geringerer Beträge verübt? Trotzdem: Hier hätte er nachhaken müssen. Wahrscheinlich hätten ihm die Rathgebers sogar sagen können, wieviel ihre Tochter monatlich von ihrem geschiedenen Mann zu bekommen hatte.

Seine Gedanken, eben noch intensiv mit der Schauspielerin Eva-Maria Leicht und ihrer undurchsichtigen Rolle befaßt, waren wieder einmal bei dem Mann gelandet, den er gestern morgen als ersten zu dem Fall befragt hatte. Und wenn dieser Stallmach nun doch der Täter war? Wie aber hat er sich zu später Stunde Einlaß in die Wohnung verschafft? Und woher wußte er, daß seine Ex-Frau allein war, daß ihr Freund, der Student, um diese Zeit zumeist noch in der Schumann-Klause saß und die Gäste unterhielt? Unklar auch, wie der Mord geschehen konnte, ohne daß das Opfer schrie. Niemand hat etwas gehört, niemand hat den Täter gesehen, der, wenn es Stallmach war, verdammt in Eile gewesen sein mußte. Aber halt, da gab es doch diese Nachbarn, die gegen halb zwölf nach Hause gekommen waren . . .

Er blätterte zurück, las erneut das erste Protokoll, noch von der Hand des verehrten Kollegen Schwan, mit den Aussagen der Eheleute Pfannenstiel über ihre nächtliche Begegnung mit dem völlig aufgelösten Studenten Brinkmann und die Entdeckung der Leiche im Hof. Das war es nicht. Wiese suchte weiter, fand endlich Dürens kurze Notiz über seine nochmalige Befragung des Ehepaars Pfannenstiel. Danach war die Frau ziemlich sicher, daß zu dieser späten Stunde ein Mann in großer Hast das Haus Brehmstraße 13 verlassen hatte. Sie glaubte zudem erkannt zu haben, daß er einen dunklen Mantel und einen Schlapphut trug. Im übrigen war die Beschreibung unbrauchbar.

Der Schlapphut! Hatte nicht auch die Hamburger Zeugin etwas von einer auffälligen Kopfbedeckung gesagt? Aber ja, sie hatte sie als großen, breitrandigen Künstlerhut bezeichnet. Konrad Wiese war wie elektrisiert. Endlich zwei Angaben, die übereinstimmten, und die darüber hinaus einen Sinn ergaben: Wenn Stallmach der Täter war, dann mußte er in der Brehmstraße, und nicht nur im Haus Nummer 13, damit rechnen, erkannt zu werden. Was lag also näher, als sich zu tarnen? Womöglich hatte er sein Gesicht auch noch hinter einer dunklen Brille versteckt. Und bei seiner Flucht hatte er den Umweg durch die Scheidtstraße gewählt, um nicht unmittelbar an der Polizeiwache vorbei zu müssen.

Das Telefon. Während Wiese zum Hörer griff, tauchten in der Tür Düren und Eigenbrodt auf. Er machte ihnen Zeichen, sich hinzusetzen, und meldete sich. Am anderen Ende bat Herr Rathgeber um Entschuldigung wegen der Störung, aber es sei wichtig: „Meiner Frau ist nämlich jetzt der richtige Name eingefallen, Sie wissen schon, dieser Bekannte unserer Tochter, er heißt nicht Moser, sondern Rosen, Marius Rosen."

„Da wird sich ja mein Kollege freuen."

„Wie bitte?"

Wiese zog es vor, seine Bemerkung nicht zu wiederholen. Statt dessen sagte er: „Ach nichts, Herr Rathgeber. Ich hoffe nur, Ihre Frau ist sich bei dem Namen Marius Rosen nun völlig sicher."

„Hundertprozentig, Herr Kommissar!"

„Dann bin ich beruhigt." Wiese hatte Mühe, angesichts der komischen Verzweiflung, die Eigenbrodts Miene widerspiegelte, ernst zu bleiben. „Übrigens habe ich noch eine Frage. Wissen Sie zufällig, zu welcher monatlichen Zahlung sich Herr Stallmach bei der Scheidung verpflichtet hat?"

„Meine Tochter sprach von fünftausend Mark."

Nicht übel, dachte der Kommissar, dankte und verabschiedete sich. Dann musterte er eine Weile stumm seine Kollegen, bevor er sie mit der Feststellung überraschte: „Es sieht so aus, als hätten wir endlich den Richtigen im Visier."

„Und wer ist es? Etwa dieser Marius Rosen, der bis eben noch Moser hieß?"

„Nein, Herr Eigenbrodt, der nicht, obwohl wir uns vorläufig auch um ihn kümmern müssen. Sie werden also nicht umhin können, Ihre Nachforschungen auf einen Marius Rosen auszudehnen."

„Stallmach?"

„Ja, Pit. Wir werden uns diesen Herrn noch heute abend vorknöpfen. Vorher müssen wir uns genau überlegen, wie wir taktisch vorgehen wollen. Unsere Trümpfe sind schwach, und Stallmach ist nicht der Typ, der sich überrumpeln läßt. Aber ich bin jetzt ziemlich sicher, daß Regine Stallmach von ihrem geschiedenen Mann ermordet wurde." Und er erläuterte den beiden Punkt für Punkt, was ihn zu dieser Ansicht gebracht hatte.

„Das mit dem Hut zur Tarnung leuchtet mir ein", sagte Düren. „Ich kann mir nur nicht vorstellen, daß er in dieser Aufmachung geflogen ist. Ohne jede Tarnung aber wäre es zu riskant gewesen. Da mußte er fürchten, gesehen zu werden. Seinesgleichen pflegt nun mal im Flugzeug zu reisen."

„Du hast recht. Im Zug, in einem Abteil mit sechs Plätzen, von denen um diese Jahreszeit höchstens die Hälfte besetzt sind, lief er kaum Gefahr, daß ihn ein Mitreisender erkannte."

„Für die Bahn spricht auch, daß meine Recherchen nichts ergeben haben, wonach Stallmach vorgestern abend von Hamburg nach Düsseldorf geflogen sein könnte."

„Also noch mal her mit dem Fahrplan!" Wiese fand auf Anhieb, was er suchte: „Ich vermute, er hat den Intercity um 18.56 Uhr ab Hamburg genommen. Dann war er um 22.26 Uhr in Düsseldorf, zeitig genug, um seinen Mordplan auszuführen. Außerdem konnte er vor der Abfahrt in Hamburg noch bei der Oper nachfragen, ob es für die Abendvorstellung irgendwelche Umbesetzungen gab."

„Ein bißchen viel Spekulation, Kaweh, und verdammt knapp berechnet. Überhaupt, wie wollen wir ihm diese Fahrten beweisen, von der Tat ganz zu schweigen?"

„Was die Tat angeht, so werde ich noch mal in die Brehmstraße fahren und mit den Pfannenstiels sprechen. Außerdem mache ich einen Sprung zu den Rathgebers, ich hab da so eine Idee. Und du versuchst, an den Zugbegleiter des Nachtzugs nach Hamburg heranzukommen."

„Sofern der nicht gerade auf Achse oder sonstwie unerreichbar ist."

„Dann haben wir eben Pech für den Augenblick. Hauptsache, du erfährst den Namen und die Adresse. Eine Gelegenheit, mit dem Mann zu sprechen, wird sich schon ergeben."

„Und ich?" fragte Eigenbrodt.

„Sie klären zunächst, was mit diesem Marius Rosen los ist, dann sehen wir weiter. Es ist jetzt zwanzig vor fünf. Ich schlage vor, wir treffen uns wieder um halb sieben hier bei mir. Seht aber zu, daß ihr bis dahin was gegessen habt. Es kann eine lange Nacht werden, immer vorausgesetzt, wir sind auf der richtigen Fährte."

Nachdem die zwei gegangen waren, blätterte Wiese die Hamburger Zeitungen durch, die Düren mitgebracht hatte. Tatsächlich fand er in einer Ausgabe unter der Überschrift „Unfall, Freitod oder Mord?" einen Artikel, der ähnlich lautete wie der jenes Boulevardblattes, das sich auf den Studenten Brinkmann eingeschossen hatte. Wenn Frau Thaler diese Darstellung kannte, war ihre ohnehin unter Vorbehalt gemachte Aussage nur noch die Hälfte wert. In der vagen Hoffnung, daß sich bei der „Zigeunerbaron"-Vorstellung am Mittwochabend womöglich etwas Spektakuläres ereignet haben könnte, durchforschte Wiese sämtliche Lokalseiten – ohne Erfolg. Aber war denn ausgemacht, daß von einer Umbesetzung in letzter Minute auf jeden Fall etwas in der Zeitung stand?

Ein Blick auf die Uhr. Vielleicht hatte er Glück und erreichte noch jemanden. Von Frau Löffelholz ließ er sich mit der Intendanz beziehungsweise dem Sekretariat der Hamburgischen Staatsoper verbinden. Und womit er kaum noch gerechnet hatte, geschah: Es meldete sich eine Dame, die auf seine Frage antwortete: „Beim Zigeunerbaron? Nein, das müßte ich wissen, nein, da gab's keine Umbesetzung, auch keinen Ausfall oder sonst was Ungewöhnliches. Einen Augenblick . . ." Er vernahm im Hintergrund Stimmen, dann die nun etwas pikiert klingende Dame: „Ich höre gerade, daß Ihre hiesigen Kollegen deshalb schon mal angerufen haben, und zwar gestern. Warten Sie . . ." Diesmal war der Ton weg, offenbar hatte sie die Sprechmuschel mit der Hand zugedeckt. Endlich wieder die Stimme: „Vielleicht ist es für Sie von Interesse, obwohl, so was kommt ja immer mal vor. Ich erfahre eben, daß es doch einen kleinen Zwischenfall gegeben hat. Nach dem ersten Akt ging der Vorhang nicht gleich zu. Der Schaden konnte jedoch innerhalb der Pause behoben werden."

Wiese bedankte sich für die „durchaus interessante" Auskunft und legte auf. Eigenartig, dachte er dann, wieso haben uns die Hamburger nichts davon gesagt, daß sie sich auch bei der Intendanz erkundigt haben? Kurz entschlossen wählte er die Nummer des dortigen Polizeipräsidiums und ließ sich mit Hauptkommissar Engelbrecht verbinden, von dem das Telex stammte. Der wußte nichts von einem Anruf, fand jedoch in den Unterlagen einen Vermerk: Staatsoper negativ. Was alles und nichts heißen konnte.

Eine knappe halbe Stunde später betrat Wiese zum drittenmal an diesem Tag das Haus Brehmstraße 13. Er läutete an einer Tür im ersten Stock und wurde, nachdem er sich vorgestellt hatte, von Frau Pfannenstiel ins Wohnzimmer gebeten. Dort saß ihr Mann in einem Sessel vor dem Fernseher und hatte offenbar nur noch Augen für das Geschehen auf dem Bildschirm.

„Seit mein Mann pensioniert ist", erklärte Frau Pfannenstiel, „ist Fernsehen seine große Leidenschaft, vor allem

Western und Krimis. Wir brauchen ihn nicht zu stören, er hat sowieso kaum was mitgekriegt neulich nachts."

Sie nahmen in der entgegengesetzten Ecke des Zimmers Platz, wo ihnen die Fernsehgeräusche nicht ganz so laut in die Ohren dröhnten. Sie fragte, ob er etwas zu trinken wünsche, doch er lehnte dankend ab, auch die Zigarette, die sie ihm anbot.

„Es geht um den Mann, den Sie vorgestern nacht gegen halb zwölf beobachtet haben. Können Sie mir's noch einmal schildern? Und versuchen Sie sich möglichst an alle Details zu erinnern. Sie kamen also vom Brehmplatz?"

„Ja, wir waren in der Stadt, mein Mann und ich. Unsere Schwiegertochter hatte Geburtstag. Wie wir nun in die Brehmstraße einbiegen, und da ist ja dann gleich das Polizeirevier, da seh ich vielleicht vierzig, fünfzig Meter voraus einen Mann davonhasten."

„Dieser Mann, wo kam er her?"

„Also ich meine, der muß aus unserem Haus gekommen sein, so plötzlich, wie der da auf einmal aufgetaucht ist."

„Er lief demnach in die entgegengesetzte Richtung?"

„Ja, und ist auch gleich um die nächste Ecke verschwunden, in die Scheidtstraße."

„Es war Nacht, da haben Sie wenig sehen können. Trotzdem ist Ihnen etwas aufgefallen?"

„Ja, vor allem der Hut, ein großer dunkler Schlapphut, wie ihn heutzutage kaum noch jemand trägt, höchstens Maler oder Musiker. Und dann hatte er den Kragen seines Mantels hochgeschlagen, obwohl's gar nicht so kalt war."

„Würden Sie den Mann wiedererkennen?"

„Ich weiß nicht, nein, ich glaube nicht. Auch wenn es nicht sehr dunkel war, die Straßenbeleuchtung war ja an: Das Gesicht konnte man kaum sehen, er hatte es richtig versteckt hinter Mantelkragen und Hut."

„Sie sind der Meinung, daß er aus diesem Hause kam. Es könnte also ein Hausbewohner gewesen sein. Einen bestimmten Verdacht haben Sie nicht?"

Ihm schien es, als zögerte sie mit der Antwort: „Nein, es

ging einfach zu schnell, und so genau habe ich natürlich nicht hingesehen, ich konnte ja nicht ahnen, was passiert war. Das haben wir erst im Haus erfahren. Die arme Frau Stallmach! Die war in der letzten Zeit kaum wiederzuerkennen, richtig aufgeblüht war sie, und nun lag sie plötzlich da, neben den Mülltonnen, ein schrecklicher Anblick."

„Und Herr Brinkmann?"

„Ihr Freund? Ach, der war ja fix und fertig, wußte sich überhaupt nicht zu helfen. Wenn wir nicht gekommen wären, nun ja, mein Mann war dem auch nicht gewachsen, aber ich habe unseren Hausmeister aus dem Bett getrommelt und dafür gesorgt, daß er die Polizei holte, und die kam ja dann auch sofort."

Wiese erhob sich: „Ich danke Ihnen, und entschuldigen Sie die Störung."

„Aber was denn, Sie haben mich nicht gestört, und ihn", sie machte eine Kopfbewegung in Richtung Fernseher, „schon gar nicht. Übrigens, Herr Kommissar, war es denn nun Mord?"

„Bis jetzt ist es nicht mehr als eine Vermutung. Noch eins, Frau Pfannenstiel, Sie können mir sicherlich sagen, wie lange man mit der Straßenbahn bis zum Hauptbahnhof braucht."

„Vom Brehmplatz zehn Minuten mit der Linie 708, die fährt abends alle zwanzig Minuten, immer um achtzehn, achtunddreißig und so fort."

Endlich einmal eine präzise Auskunft, leider nur zu einem eher unwichtigen Punkt, dachte Wiese, als er die Treppe ins Erdgeschoß hinunterging. Erst an der Haustür machte er kehrt: Fast hätte er die Rathgebers vergessen. Im siebten Stock schien man über seinen neuerlichen Besuch keineswegs überrascht.

„Was gibt's, Herr Kommissar? Was möchten Sie noch wissen?" Ewald Rathgeber musterte ihn aufmerksam. „Oder wollen Sie uns die Verhaftung des Mörders melden?"

„Ich habe tatsächlich etwas zu fragen vergessen, das

116

heißt, ich habe möglicherweise etwas übersehen", sagte Wiese und blieb nach ein paar Schritten stehen. Der kurze Flur mündete hier in eine geräumige Diele. „Sie kennen sich doch in dieser Wohnung einigermaßen aus. Hat sich seit Ihrem letzten Besuch irgend etwas verändert, ich meine, stehen vielleicht einige Möbel anders als früher?"

„Doch ja, da ist mir was aufgefallen", antwortete statt des Mannes Frau Rathgeber, die die letzten Worte mitbekommen hatte und nun aus der Küche trat und Wiese begrüßte. „Die Telefonecke gleich links, wenn Sie ins Wohnzimmer kommen, die ist total verändert. Der große Sessel stand links von dem Tischchen, und der helle Berberteppich lag nebenan im Gästezimmer. Auch mit dem Tischchen stimmt was nicht . . ."

„Richtig", schaltete sich ihr Mann ein, „das stand sonst quer, nicht so wie jetzt."

„Schauen wir doch mal nach", sagte der Kommissar. „Wo ist das Gästezimmer?"

Frau Rathgeber war schon an der Tür, öffnete und rief überrascht: „Hier ist ja der andere Teppich!"

Eine extrem breite, ziemlich dunkel gemusterte Brücke, ein echter Afghane. Wiese ging in die Hocke und prüfte den Teppich von beiden Seiten. Dann richtete er sich auf: „So ist nichts zu sehen. Ich schicke Ihnen noch mal die Spurensicherung vorbei, heute noch. Die sollen diese Brücke und nebenan die Telefonecke genau unter die Lupe nehmen."

„Sie denken an Blutspuren?"

Er nickte. „Wenn Ihre Tochter, was wir ja noch nicht wissen, tatsächlich einem Verbrechen zum Opfer gefallen ist, kann ich mir schlecht vorstellen, daß es dabei ganz unblutig zugegangen sein soll. Aber ich will Sie nicht mit Bildern schocken, wie sich das Verbrechen möglicherweise abgespielt hat."

„Ach, Herr Kommissar", sagte Herr Rathgeber, „Sie können mich nicht mehr schocken. Ich muß die ganze Zeit daran denken, wie unsere Regine hier zu Tode gekommen ist, und immer wieder male ich mir aus, wie der Mörder sich von hinten an sie herangeschlichen und sie niedergeschlagen hat. Er muß sie völlig überrascht haben, und wahrscheinlich war sie sofort tot. Trotzdem komme ich nicht los von dem Bild, wie sie unter dem furchtbaren Schlag zusammenbricht. Vielleicht lief es auch ganz anders ab, ich sehe nur immer diese eine Szene vor mir. Und wie sehen Sie's?"

„Kein Gift, keine Würgemale. Gut möglich, daß der Mord in der Weise geschah, wie Sie vermuten. Und ich verspreche Ihnen, daß ich alles tun werde, um diesen Fall möglichst schnell aufzuklären!"

Die übliche Vertröstung. In solchen Augenblicken fand Wiese seinen Beruf alles andere als erfreulich. Aber konnte er denn den Eltern mehr verraten, nur weil er im Moment Stallmach am meisten verdächtigte, obwohl er doch damit rechnen mußte, daß sich plötzlich ein anderer als Täter entpuppte oder – noch schlimmer – daß diesem Stallmach der Mord nicht zu beweisen war?

Und Brinkmann? fragte er sich, während er auf den Lift wartete. Wenn die Veränderungen in der Wohnung erst in der Nacht erfolgt waren, mußte der Student sie bemerkt haben, als er gestern mittag, vom Hausmeister informiert, hier oben erschienen war. Abe er hatte nichts dergleichen geäußert, und Wiese hatte, wie er sich deutlich erinnerte, versäumt, ihn zu fragen, ob ihm in der Wohnung etwas aufgefallen war. Nun, das ließ sich nachholen. Er stoppte den Lift im zweiten Stock und läutete.

„Sie , Herr Kommissar?" Frau Kleinerts Blick verriet Unsicherheit und Angst, entspannte sich erst, als Wiese ihren Untermieter zu sprechen wünschte. „Herr Brinkmann war nur kurz hier und ist gleich wieder weg. Freitags fängt er immer schon um sechs in der Schumann-Klause an."

„Und Sie selbst? Haben Sie ihrer Aussage wirklich nichts mehr hinzuzufügen?"

Frau Kleinert schüttelte den Kopf, sah ihn dann halb zweifelnd, halb vorwurfsvoll an, entgegnete schließlich: „Ich habe Ihnen alles gesagt, Herr Kommissar!"

Im Wagen empfing ihn der Fahrer mit dem üblichen Spruch: Sein Typ wurde im Präsidium verlangt. Er rief zurück und bekam Düren an den Apparat: „Hallo Kaweh? Ich hab ihn!"

„Wen? Den Mörder?" Schwacher Scherz, mein Lieber! tadelte er sich und nahm sich vor, bei nächster Gelegenheit etwas Geistreicheres von sich zu geben.

Düren ging auch nicht darauf ein. Man merkte ihm eine gewisse Genugtuung an, als er betont sachlich meldete: „Ich habe den Zugbegleiter, Name und Adresse, er wohnt in Köln. Zur Zeit ist er noch unterwegs, kommt aber kurz nach halb sieben durch Düsseldorf. Da könnte ich ihn im Hauptbahnhof abfangen, soll ich?"

„Na klar. Wir sehen uns dann eben später im Präsidium, das heißt, wahrscheinlich bin ich dann bereits mit Eigenbrodt bei unserem Freund draußen in Meerbusch. In dem Fall ruf mich dort an, die Nummer findest du auf meinem Schreibtisch. Was hast du jetzt vor?"

„Ich wollte rasch auf einen Sprung zu mir nach Hause und was essen. Anschließend fahr ich gleich weiter zum Bahnhof."

„Gut, aber sag vorher der Spurensicherung Bescheid, es muß noch heute abend jemand in die Brehmstraße. Die Telefonecke und der Teppich im Gästezimmer sind noch mal genauestens zu untersuchen. Ich habe die schwache Hoffnung, es finden sich da Blutspuren. Das Ergebnis sollen sie dir umgehend mitteilen."

„Verstehe. Wäre endlich ein klarer Beweis, daß ein Verbrechen vorliegt. Und wenn sich dann noch der Eisenbahner daran erinnert, daß er jüngst im Nachtzug nach Hamburg den feinen Herrn Stallmach mit Künstlerhut gesehen hat, können wir womöglich schon morgen dem hohen Chef den Mörder präsentieren."

„Immerhin, die Chancen stehen nicht schlecht."

„Das walte Gott und Oskar Vandenberg!"

XII.

Als Lutz Eigenbrodt sich pünktlich um halb sieben zurück-
meldete, verzehrte der Kommissar gerade das letzte Schin-
kenbrötchen. Eigentlich hatte er richtig, das heißt, in einem
Restaurant zu Abend essen wollen, doch dann hatte er es
sich anders überlegt und Frau Löffelholz gebeten, bevor sie
nach Hause ging, ihm frischen Kaffee zu machen und aus
der Kantine drei belegte Brötchen zu holen. Nichts für
Feinschmecker, wie er sich eingestand, doch fühlte er sich
einfach nicht in der Stimmung, ein Lokal aufzusuchen und
womöglich von wenig sympathischen Tischnachbarn mit
endlosem Geschwätz belästigt zu werden.

„Nun, was haben Sie herausgefunden? Ist auch Herr Rosen für uns ein unbeschriebenes Blatt?"

„Keineswegs." Der junge Kriminalmeister schlug sein
Notizbuch auf und las, sichtlich stolz, das Ergebnis seiner
Recherchen vor: „Marius Rosen, 35, aus Hannover, häufig
wechselnder Wohnsitz, zuletzt in Wuppertal gemeldet,
mehrfach im Verdacht des Heiratsschwindels, doch bisher
nur eine Verurteilung zu zehn Monaten Haft, zur Bewäh-
rung ausgesetzt. In weiteren vier Fällen nahmen die Opfer
vor Gericht ihre belastenden Aussagen unter durchsichti-
gen Vorwänden zurück. Scheint es besonders auf wohlha-
bende Witwen und gutsituierte geschiedene Frauen abge-
sehen zu haben. Aussehen und Auftreten machen es ihm
leicht, seine Opfer zu beeindrucken. Dabei versteht er es
geschickt, zunächst ihr Vertrauen zu gewinnen und nach
einiger Zeit durch phantasievolle Erzählungen sie um zum
Teil erhebliche Summen zu erleichtern. Reicht das?"

„Offenbar ein charmanter Gauner, dem die meisten Opfer nicht ernstlich böse sein können, sonst wäre es ihm
beim Kadi schlechter ergangen. Und Frau Stallmach war ja
auch von ihm sehr angetan. Wo haben Sie übrigens den
Brief und die Fotokopie, die Sie davon machen wollten?"

„Liegen längst auf Ihrem Schreibtisch."

Wiese suchte in dem Stapel von Papieren, die ihm Frau Löffelholz im Laufe des Tages auf den Tisch gelegt, und die er noch keines Blickes gewürdigt hatte. Tatsächlich, da war der Brief, und da war auch die Kopie. Er las noch mal die Stelle, meinte dann: „Schon seltsam, von diesem reizenden Galgenvogel schreibt sie den Eltern in aller Ausführlichkeit, doch den Studenten Brinkmann verschweigt sie ihnen."

„Und wenn der Brinkmann uns Märchen erzählt? Wenn er zuletzt vielleicht gar nicht mehr so eng mit ihr befreundet war? Oder sind solche Spekulationen jetzt abwegig, fahren wir hundertprozentig auf Stallmach ab?"

„Sagen wir, neunzigprozentig, Herr Eigenbrodt. Noch ist alles drin. Allerdings glaube ich eher, daß Frau Stallmach den Studenten ihren Eltern nur unterschlagen hat, weil es ihr peinlich war, einen soviel jüngeren Geliebten zu haben."

„Da ist doch nichts dabei."

„Im allgemeinen wohl nicht, aber nach einer gescheiterten Ehe ... Darüber denkt man auf dem Lande, in einem hessischen Dorf, sicher anders als hier bei uns in der Großstadt."

„Leuchtet mir ein, ich stamme ja auch aus einem Provinznest. Was machen wir nun mit Marius Rosen?"

„Heiratsschwindler und Killer, das paßt an sich schlecht zusammen. Trotzdem sollten Sie ihn sich mal vorknöpfen, das heißt, sofern er sich auf die Schnelle überhaupt auftreiben läßt. Noch vermute ich ja, daß Stallmach ohne Killer ausgekommen ist und das miese Geschäft selber besorgt hat. Düren ist vielleicht schon dabei, den Zugbegleiter zu interviewen. Wenn der bezeugen kann, daß er unsern Mann im Nachtzug nach Hamburg gesehen hat, ist das Versteckspiel zu Ende. Dann nützt dem Herrn Direktor auch der beste Anwalt nichts mehr."

„Das heißt, wir warten jetzt erst mal auf den Kollegen Düren?"

„Nein, der weiß ja, wo wir sind. Ich will keine Zeit verlieren. Seit sechs beobachtet bereits eine Zivilstreife vom Wagen aus unauffällig die Villa. Vor ein paar Minuten kam die

Meldung, daß Stallmach nach Hause gekommen ist. Unser Glück, sonst hätten wir ihn im Werk aufsuchen müssen. So paßt es mir besser. Noch Fragen? Nein?" Ein Blick auf die Uhr. „Dann wollen wir mal!"

Unterwegs im Wagen hüllte sich Wiese in Schweigen, und Eigenbrodt tat es ihm gleich. Die Sicherheit, die der Kommissar zur Schau getragen hatte, war nur zu einem Teil echt. Verrückt, aber sobald man mit jüngeren Kollegen zu tun hatte, spielte man unwillkürlich eine Rolle, machte man sich und dem anderen etwas vor, ein alltäglicher Vorgang und keineswegs auf Polizisten beschränkt. Es stimmte schon, bis auf einen kleinen Rest von Zweifel war er von Stallmachs Schuld überzeugt, nur wußte er sehr wohl, auf wie schwachen Füßen seine Beweisführung stand. Das Bild eines Pokerspielers, wie er es aus amerikanischen Filmen kannte, kam ihm in den Sinn: Ausgerechnet er, dem jegliche Karten- und Glücksspiele zuwider waren, ließ sich darauf ein, mit einem reichlich dubiosen Blatt die Partie gewinnen zu wollen.

Konrad Wiese verzog den Mund, als habe er in einen sauren Apfel gebissen. Nein, was er vorhatte, fand kaum seinen ungeteilten Beifall. Gab es nicht noch immer Gründe, den Studenten zu verdächtigen? Und war er nicht noch vor wenigen Stunden ziemlich überzeugt gewesen, allein Eva-Maria Leicht käme als Täterin in Frage? Gut, daß er daran dachte: Er mußte die Schauspielerin benachrichtigen lassen, daß sie morgen nicht ins Präsidium zu kommen brauchte, daß die Vorladung überholt sei. Nur hatte es damit Zeit, bis Werner Stallmach eindeutig als Mörder feststand. Solange nicht jeder Zweifel ausgeräumt war, keine übereilte Maßnahme.

„Rasen Sie doch nicht so, wir haben Zeit!" herrschte er plötzlich den Fahrer an, der am Heerdter Kreuz mit quietschenden Reifen von der Autobahn heruntergekurvt war und nun im unverminderten 80er Tempo die Neußer Straße in Richtung Meerbusch hinunterbrauste.

„Warum fahren Sie eigentlich nie selbst?" Die Stimme

des jungen Kriminalmeisters neben ihm. Vor zwei Wochen von der Polizeischule in Münster ans Präsidium versetzt, er konnte es nicht wissen.

„Ich hatte einen schweren Unfall, vor drei Jahren im September, auf der Fahrt in den Urlaub. Meine Frau hatte erst seit einem halben Jahr den Führerschein. Sie wollte unbedingt ans Steuer, und ich habe sie gelassen, leider. Auf einer kaum befahrenen Landstraße in Kärnten flogen wir aus der Kurve und prallten gegen einen Baum. Meine Frau war sofort tot, ich hatte Glück, kam mit ein paar Prellungen davon. Seitdem mag ich nicht mehr." Er verstummte, und auch Eigenbrodt sagte nichts mehr. Wiese war ihm dafür dankbar.

„Jetzt bitte ganz langsam!" sagte er, nachdem der Wagen von der Moerser Straße nach links in die Hildegundis-Allee eingebogen war. Im Kriechgang schlichen sie an geparkten Autos vorbei, den Blick suchend nach vorn gerichtet. Trotzdem hätten sie die Kollegen von der Zivilstreife in ihrem unbeleuchteten dunklen Fahrzeug fast übersehen. Wiese winkte ihnen zu, nahm über Funk Kontakt auf, erfuhr, daß alles in Ordnung sei, und verabschiedete sich: „Bis später dann!"

„Die werden wir ja wohl nicht brauchen?" fragte Eigenbrodt.

„Man kann nie wissen. Je sicherer sich einer vor Entlarvung fühlt, desto leichter dreht er durch, wenn's dann doch passiert. Dabei rechne ich hier im Grunde mit keinen Komplikationen. Die Schwierigkeiten erwarten uns woanders."

„Und zwar?"

„Ich fürchte, unser Mann wird so leicht auf keinen Bluff hereinfallen. Und ganz ohne Bluff wird's kaum gehen."

Der Fahrer parkte den Wagen gegenüber der Einfahrt zu dem Villengrundstück. Jetzt, im späten November, wirkte der parkähnliche Garten mit seinen überwiegend kahlen Bäumen und Sträuchern wenig einladend. Wiese konnte sich ausmalen, wie schön er im Sommer war. Mittendrin ein zweigeschossiger moderner Klinkerbau, im Vergleich zum Garten von eher bescheidenen Ausmaßen.

„Wohnt er da ganz allein?" wollte Eigenbrodt wissen.

„Keine Ahnung. Bis zum Frühjahr hat ja seine Frau noch hier gewohnt. Vielleicht hat er eine Wirtschafterin, die ihm den Haushalt führt, vielleicht hat er sich auch eine neue Freundin zugelegt, nachdem er bei der Dame Leicht nicht landen konnte."

Wiese zögerte. Da hatte er nun einen detaillierten Plan ausgetüftelt, wie er vorgehen wollte, doch hier, unmittelbar vor dem Ziel, war ihm nicht wohl zumute, fühlte er sich ausgesprochen unbehaglich in seiner Haut. Wahrscheinlich eine Art Lampenfieber, wie es vielen Schauspielern kurz vor dem Auftritt zu schaffen macht. Und erforderte die Rolle, die er gleich zu spielen hatte, nicht auch eine Menge schauspielerisches Geschick? Und nicht nur das: Auch ein guter Psychologe, ein gewiefter Taktiker und notfalls ein knallharter Fragesteller wurden hier verlangt, denn im Unterschied zum Schauspieler besaß er keine Textvorlage, sondern mußte frei improvisieren, immer auf der Hut, jede Blöße des anderen sofort zu erkennen und auszunutzen, doch nie einen Trumpf zu früh aus der Hand zu geben. Und bei alledem eine echte Chance, sich gründlich zu blamieren, wenn sich am Ende herausstellte, daß die Beweise nicht ausreichten oder gar, daß man einen unbescholtenen Bürger zu Unrecht beschuldigt hatte.

„Warten wir noch auf jemand?"

Die muntere Stimme des jungen Kollegen. Manchmal ganz schön keß, dachte Wiese. Natürlich ist ihm mein Zögern aufgefallen. Ob er die Gründe ahnt? Na, wenn schon. Ein bißchen Nachdenklichkeit hat noch nie geschadet, im Gegensatz zur lärmenden Forschheit, hinter der so mancher Kollege Unsicherheit oder Unvermögen versteckt. Laut aber meinte der Kommissar nach einem kurzen Blick auf die Uhr: „So, jetzt können wir!" und dabei blieb er bewußt die Antwort auf Eigenbrodts vorwitzige Frage schuldig.

Werner Stallmach schien nicht sonderlich überrascht über den unverhofften Besuch, zumindest ließ er sich nichts anmerken. Lediglich der Umstand, daß Wiese nicht allein kam, war ihm eine Bemerkung wert.

„Diesmal in Begleitung, Herr Kommissar? Doch nicht als Verstärkung, oder?" fragte er, scheinbar amüsiert, mit einem Seitenblick auf den jungen Kriminalmeister, während er beide in sein Arbeitszimmer bat, das durch eine breite Flügeltüre mit der Diele verbunden war. Dann, mit einer Geste zum Schreibtisch, auf dem sich im Licht einer schmucklosen Bürolampe – wie auf Wieses Tisch im Präsidium – allerlei Akten und Papiere stapelten: „Wie Sie sehen, arbeite ich und halte mich streng an Ihre Empfehlung, die Stadt beziehungsweise ihre nähere Umgebung nicht zu verlassen. Aber nehmen Sie doch Platz, bitte, meine Herren!"

Sie setzten sich, und nachdem der Hausherr vergeblich Zigaretten und etwas zu trinken angeboten hatte, fragte er endlich geradeheraus: „Was führt Sie zu mir? Was wollen Sie wissen? Sie kommen ja gewiß nicht nur wegen der Theaterkarte."

„Sie vermuten richtig, obwohl ich diese Karte gerne mal sehen würde."

Stallmach war schon auf dem Weg zum Schreibtisch, zog eine Lade, nahm etwas heraus und kam damit zurück: „Hier, bitte sehr!"

Eine ganz normale Eintrittskarte. Wiese las: Hamburgische Staatsoper, Erster Rang, Seitenloge links, Platz Nr. 7, Mittwoch, 19.30 Uhr. Der schmale blaue Papierstreifen war, wie es sich für ein benutztes Billett gehörte, an einer Seite eingerissen. „Ich darf die Karte behalten", fragte er, „oder heben Sie sich so was als Andenken auf?"

„Nicht mal die Programmhefte, Herr Kommissar! Reiner Zufall, daß ich die Eintrittskarte nicht weggeworfen habe. Ich mach mir nichts aus Souvenirs. Es soll ja Leute geben, die sogar alte Straßenbahnfahrscheine sammeln."

„Sie sagten gestern, der Zigeunerbaron hat Ihnen gefallen, wenigstens musikalisch?"

„Doch, unbedingt. Die Stimmen waren zum Teil ausgezeichnet, vor allem das Liebespaar, der Barinkay und die Saffi. Dagegen die Ensembleszenen, oje, besonders das Ballett, das hatte nun wirklich keine Spur von Paprika im Blut."

Ziemlich redselig, dieser Stallmach, auf einfache Fragen wortreiche Antworten, nicht selten ein Zeichen von Unsicherheit. Wiese registrierte es mit Erleichterung. „Sie sind jedenfalls bis zum Schluß geblieben?"

„Klar. Ich gehe nur früher, wenn mir das Stück oder die Aufführung überhaupt nicht gefällt."

„Wissen Sie noch, wie viele Vorhänge es gab?"

„Sorry, die habe ich nicht gezählt."

„Mehr als einen?"

„Selbstverständlich, bei der Besetzung."

„Sind Sie sicher?"

„Aber ja, warum?"

„Weil der Vorhang nicht funktioniert hat."

„Wie das?"

„Er ging nicht mehr zu, die Mechanik hat versagt. Wir haben uns bei der Intendanz erkundigt."

„So?" Stallmach wirkte durchaus nicht verunsichert. Er strich sich nur mit zwei Fingern bedächtig über den Nasenrücken, gekonnte Geste des Nachdenkens, und schon redete er weiter: „Der Vorhang ging nicht, und ich habe nichts davon bemerkt? Sonderbar. Doch nein, gar nicht sonderbar, jetzt erinnere ich mich, ich habe das nicht mitbekommen, weil ich dringend auf die Toilette mußte, es war furchtbar, ich hatte einen solchen Druck auf der Blase, daß ich bei dem wunderschönen Finale an nichts anderes mehr denken konnte. Zum Glück saß ich für diesen Zweck ja recht günstig, brauchte mich nicht erst an anderen vorbeizuquetschen, mit ein Grund, warum ich meist ersten Rang nehme und nicht Parkett."

„Von der Toilette sind Sie dann direkt zur Garderobe gegangen?"

„Sicher, und da herrschte natürlich das übliche Gedränge, als gäb's was umsonst."

Wieder dieser Schlenker zuviel, ein schlichtes Ja hätte genügt. Mal sehen, wie er die nächste Frage parierte: „In der Pause nach dem ersten Akt, ist Ihnen da etwas aufgefallen?"

„Ich weiß nicht, worauf Sie hinauswollen. Das Publikum hat geklatscht, richtig ja, es gab auch Bravorufe."

„Sonst nichts?"

„Ich habe jedenfalls nichts bemerkt."

„Interessant. Die erwähnte Panne mit dem Vorhang passierte nämlich nicht am Schluß der Vorstellung, sondern am Schluß des ersten Akts. Der Vorhang ließ sich erst nach einigen Minuten schließen, und so dauerte die Pause wegen der Umbauten auf der Bühne entsprechend länger. Ihnen ist das alles entgangen?"

„Jetzt, wo Sie mich darauf aufmerksam machen, fällt es mir im nachhinein auch auf: Die Pause hat länger als üblich gedauert. Für den Umstand, daß ich die Panne mit dem Vorhang nicht mitgekriegt habe, gibt es eine einfache Erklärung: Ich bin gleich vor zum Büffet, ich hatte einen unmenschlichen Brand, der Fisch im Alsterpavillon war vorzüglich gewesen, und nun wollte er schwimmen."

Ein aalglatter Bursche, den offenbar nichts aus der Ruhe zu bringen vermochte. Und doch sah Wiese gerade darin ein Indiz dafür, daß Stallmach nicht so unschuldig war, wie er sich gab. Aus unzähligen Vernehmungen wußte er, daß zu Unrecht Verdächtigte nur selten so überlegen und selbstsicher auftraten, wie sie es sich eigentlich leisten konnten, daß sie sich vielmehr häufig ungeschickt und in ihren Äußerungen oft ausgesprochen unklug verhielten. Andererseits hatten sich auch Eva-Maria Leicht und der Student ihm gegenüber ähnlich selbstsicher gegeben wie Stallmach.

„Was haben Sie nach dem Opernbesuch gemacht?"

„Ich bin noch ein bißchen durch die Stadt gebummelt."

„Wann waren Sie wieder in Ihrer Pension?"

„Ich denke, so gegen elf."

„Es hat Sie natürlich niemand gesehen?"

„Aber ja, Herr Kommissar. Vor der Haustür traf ich einen Pensionsgast, der mit dem Schlüssel nicht zurechtkam." Wiese starrte sein Gegenüber ungläubig an. Der fuhr unbeeindruckt fort: „Er war richtig erleichtert, als ich auftauchte, und hat sich tausendmal bedankt."

„Ach ja? Und Sie wissen auch seinen Namen?"

„Nein, das nicht, aber ich kann ihn beschreiben: ziemlich groß, graues, volles Haar, dunkles Oberlippenbärtchen und Brille, ja, eine ziemlich dicke Brille. Die Wirtin, Frau Kurowski, wird Ihnen sicher sagen können, um wen es sich bei dem Herrn handelte."

Der Kommissar musterte eine Weile schweigend den Mann, in dem er inzwischen mit einiger, wenn auch nicht mit letzter Sicherheit einen Mörder vor sich zu haben glaubte, stellte fest, daß weder seine Miene noch seine Haltung die geringste Nervosität verrieten, und nach einem kurzen Seitenblick auf seinen Kollegen, der eifrig mitstenographierte und ihn jetzt erwartungsvoll ansah, fragte er, ohne auf Stallmachs Antwort einzugehen: „Was haben Sie gestern morgen gegen zwanzig vor sechs gemacht?"

„Gestern morgen um zwanzig vor sechs? Da war ich noch in der Pension und habe geschlafen."

„Wirklich? Sie waren nicht etwa zufällig um diese Zeit im Hamburger Hauptbahnhof?"

Diesmal schien es, als sei Stallmach für einen winzigen Augenblick zusammengezuckt: Touché – wie beim Fechten, wenn die Klinge für einen kaum wahrnehmbaren Sekundenbruchteil den Körper des Gegners berührt.

„Am Hauptbahnhof? Nein, was hätte ich da tun sollen?"

„Genau das frage ich mich auch. Schließlich hatten Sie ja für 7.20 Uhr den Rückflug nach Düsseldorf gebucht."

„Tut mit leid, Herr Kommissar, ich war gestern morgen nicht am Hauptbahnhof! Ich habe mir für zwanzig vor sieben ein Taxi zur Pension bestellt und bin direkt zum Flughafen Fuhlsbüttel gefahren."

„Ich weiß. Mich interessiert jedoch nicht, was Sie um

zwanzig vor sieben, sondern was Sie um zwanzig vor sechs gemacht haben."

„Wie ich schon sagte, ich habe im Bett gelegen und geschlafen, vielleicht bin ich auch gerade wach geworden und aufgestanden. Sie fragen ja, als hätten Sie Gründe, an meinem Alibi zu zweifeln. Trauen Sie mir wirklich zu, ich könnte meine geschiedene Frau umgebracht haben?"

Wiese mußte widerwillig zugeben, daß Stallmach seine Stimme glänzend kontrollierte: Noch klang sie beherrscht, ließ jedoch einen deutlichen Unterton von verletztem Stolz mitschwingen. Eines schien sicher: So einer würde selbst als Angeklagter vor Gericht noch mit dem Brustton der Überzeugung die verfolgte Unschuld spielen. Und mit einer Schärfe, die ihn selbst überraschte, entgegnete er: „Es geht in der Tat um Ihr Alibi. Man hat Sie gestern morgen zur fraglichen Zeit am Hamburger Hauptbahnhof gesehen."

„Wer immer das behauptet, er muß sich irren!"

„Die Dame hält einen Irrtum für ausgeschlossen. Sie kennt Sie gut, denn sie wohnt in derselben Pension, in der auch Sie übernachtet haben. Und sie sagt, sie hat Sie zweifelsfrei erkannt."

„Zweifelsfrei? Das werden wir ja sehen. Ich verlange selbstverständlich eine Gegenüberstellung."

„Sie fragen gar nicht, um wen es sich handelt."

„Interessiert mich nicht im geringsten. Ich weiß nur, daß die betreffende Person spinnt. Also was soll's?"

Angriff als beste Verteidigung? Wieses Zweifel verstärkten sich. „Ob Frau Thaler spinnt", begann er, „das wird sich noch erweisen . . ."

„Frau Thaler? Die Frau dieses sonderbaren Heiligen, der den großen verkannten Gelehrten mimt? Oh, mein verehrter Herr Kommissar, darauf würde ich an Ihrer Stelle nun wirklich nicht bauen. Die beiden sind eigentlich irgendwo bei Kassel zu Hause, aber die meiste Zeit quartieren sie sich bei Frau Kurowski ein. Die sollten Sie mal morgens beim Frühstück erleben, sie eine echte Nervensäge, für die

Schweigen ein Fremdwort ist, und er ein total vertrottelter Alter, der nicht die Hälfte von dem kapiert, was sie ihm predigt."

„Ob Frau Thaler eine Nervensäge ist oder nicht, spielt hier keine Rolle. Für uns zählt nur, was sie beobachtet hat. Übrigens gibt es noch mehr Personen, die behaupten, Sie in der Nacht zum Donnerstag an Orten gesehen zu haben, wo Sie nach Ihren Aussagen niemals gewesen sein können und, wie ich vermuten möchte, unter keinen Umständen gewesen sein wollen."

Er machte eine Pause, wartete, den Blick fest auf Stallmach gerichtet, auf eine Antwort, doch diesmal schien die provokative Bemerkung ihr Ziel verfehlt zu haben. „Wer diese Personen sind", fragte er schließlich, „scheint Sie nicht übermäßig zu interessieren?"

„Ich bin sicher, Sie werden mir auch diese Leute noch präsentieren."

Oho, ein neuer Ton, das klang ziemlich gereizt, der Herr Direktor wurde doch nicht etwa nervös? Ohne ihn aus den Augen zu lassen, antwortete Wiese: „Sie vermuten richtig. Da ist zum Beispiel jemand, der Sie am späten Mittwochabend gegen halb zwölf hier in Düsseldorf gesehen hat. Wissen Sie, wo? In der Brehmstraße, und zwar verließen Sie gerade das Haus Nr. 13, in dessen Hof wenig später die Leiche Ihrer geschiedenen Frau gefunden wurde. Was sagen Sie dazu?"

„Nichts. Das ist so absurd, daß mir dazu nichts einfällt. Wer hat sich denn diesen Schwachsinn ausgedacht?"

„Ausgedacht ist kaum der richtige Ausdruck. Es geht hier um eine Beobachtung, die eine Hausbewohnerin gemacht hat, eine Dame, die Sie noch gut kennt aus der Zeit, als das Penthouse Ihre Stadtwohnung war. Wie Frau Thaler in Hamburg hält Ihre ehemalige Nachbarin Frau Pfannenstiel einen Irrtum für ausgeschlossen."

„Frau Pfannenstiel? Ach, jetzt weiß ich, die ältere Dame vom ersten Stock, und die will mich gesehen haben? Da würde ich sie aber lieber erst mal zum Augenarzt schik-

ken, ehe ich ihr eine so schwerwiegende Behauptung ab-
nähme."

„Ich habe den Eindruck, wer immer in der fraglichen
Nacht Sie an einem Ihnen unerwünschten Ort gesehen hat,
ist in Ihren Augen ein Spinner, halb blind oder sonstwie
nur bedingt zurechnungsfähig." Seine Stimme verriet, sehr
gegen seine Absicht, eine gewisse Ungeduld, ja Ärger. Er
durfte sich jetzt keinen Fehler gestatten. Wenn Stallmach
dahinterkam, wie schwach seine Trümpfe waren, hatte er
hier ausgespielt und konnte zusehen, wie er sich einigermaßen elegant aus der Affäre zog. Ein verstohlener Blick
zum Handgelenk: Wenige Minuten vor halb acht. Allmählich wurde es Zeit, daß Düren sich meldete, denn so klar
das Alibi mit der Oper geplatzt war, noch konnte er nicht
beweisen, wie Stallmach in Wahrheit die Nacht zum Donnerstag verbracht hatte, die Damen Thaler und Pfannenstiel
waren als Belastungszeugen denkbar ungeeignet. „Ich
fürchte allerdings", fuhr er fort, „daß Sie damit beim Staatsanwalt und später vor Gericht nicht durchkommen werden."

„Bedeutet das, daß Sie mich verhaften wollen?"

„Das hängt vom Verlauf und Ergebnis dieser Vernehmung ab. Ich würde Ihnen zum Beispiel empfehlen, sich
über Dritte etwas qualifizierter zu äußern. Mit plumpen
Herabsetzungen sammeln Sie bestimmt keine Pluspunkte."
Seine Argumentation war kaum weniger plump. Wie aber
sollte er die Vernehmung anders als auf diese Weise über
die Runden bringen, wobei er vom Telefon den erlösenden
Gongschlag erwartete.

„Sie haben vielleicht Humor, Herr Kommissar! Ich
möchte wissen, wie Ihnen zumute wäre, wenn man versuchen würde, Ihnen mit den unglaublichsten Lügen ein
furchtbares Verbrechen in die Schuhe zu schieben. Ich bin
sicher, Sie würden kaum anders reagieren als ich."

Gekonnt pariert, und dazu mit dem Tremolo zutiefst ge-
kränkter Unschuld. Nur die Gewißheit, daß das Opern-
Alibi getürkt war, bewahrte ihn davor, auf Stallmachs ge-

spielte Empörung hereinzufallen. „Ich würde Ihnen nicht widersprechen", konterte er, „wenn es sich bei den Zeugenaussagen tatsächlich um Verleumdungen handelte. Das trifft jedoch in keinem Fall zu. Andererseits ist Ihr Opernbesuch . . ."

Hier läutete das Telefon. „Darf ich?" fragte Stallmach.

Wiese nickte, und der Hausherr begab sich hinüber zu seinem Schreibtisch, nahm den Hörer auf, meldete sich und sagte nach einer kleinen Pause: „Für Sie, Herr Kommissar."

Noch während Stallmach auf dem Weg zum Telefon war, hatten sich die Blicke der beiden Beamten gekreuzt. Sie drückten die gleiche stumme Erwartung aus. Endlich Dürens vertraute Stimme: „Hallo, Kaweh! Bißchen spät geworden, hoffentlich nicht zu spät. Unser Mann hat Stallmach auf Anhieb wiedererkannt. Er ist ihm gleich aufgefallen mit seinem komischen Hut."

„Prima. Ist er noch da?"

„Klar, wir hocken hier beide bei der Bundesbahn am Hauptbahnhof. Ein Ersatzmann fährt seine Tour zu Ende, ist ja nur noch bis Köln."

„Sehr gut. Dann fahr jetzt gleich mit ihm ins Präsidium und bereite alles vor. Wir rauschen dann auch ab. Ich denke, die Geschichte kann zwischen acht und halb neun über die Bühne gehen. Bis dann!" Nur keinen Triumph verraten. Wiese hatte bei dem kurzen Telefonat Stallmach beobachtet und so die Unruhe bemerkt, die sich auf einmal seinem bisher so glatten Gesicht mitteilte. Und er dachte: Wenn du wüßtest, wie mulmig mir noch eben zumute war.

„Sie müssen zurück ins Präsidium?"

„Ja, Herr Stallmach, und ich muß Sie bitten, uns dorthin zu begleiten." Bei diesen Worten hatten er und Eigenbrodt sich erhoben.

„Heißt das, ich bin verhaftet?" Auch Stallmach war nun aufgestanden, und zum erstenmal klang seine Stimme nicht mehr so überlegen, drückte sich in seiner Miene ein Hauch von Panik aus.

„Das nicht, Sie sind nur vorläufig festgenommen unter dem dringenden Verdacht, Ihre geschiedene Frau Regine Stallmach ermordet zu haben. Wenn Sie wollen, können Sie noch Ihren Anwalt verständigen. Überdies empfiehlt es sich, Toilettenzeug, Rasierapparat und etwas Wäsche mitzunehmen. Mein Kollege wird Sie begleiten."

Stallmach nickte und ging erneut hinüber zum Telefon, und wie er nun nach der Nummer suchte, schließlich die entsprechenden Tasten drückte und darauf wartete, daß sich der Anwalt meldete, wirkte er sonderbar abwesend, wie in Trance.

Offenbar war der Apparat auf automatischen Anrufbeantworter geschaltet, denn nach einem Augenblick des Zögerns riß sich Stallmach zusammen und sprach in die echolose Muschel: „Hier Werner Stallmach. Es ist Freitagabend 19.32 Uhr. Lieber Herr Doktor, leider erreiche ich Sie nicht in einem Moment, wo ich Sie dringend brauche. Bei mir zu Hause ist die Kripo. Man verdächtigt mich, Regine ermordet zu haben, und bringt mich jetzt ins Polizeipräsidium. Bitte, versuchen Sie, mich dort möglichst noch heute abend zu erreichen. Danke. Ende der Durchsage." Und zum Kommissar: „Ich packe dann meine Sachen. Das Schlafzimmer ist im ersten Stock."

Während Eigenbrodt ihm dorthin folgte, wählte Wiese das Präsidium und ließ sich über die Zentrale mit dem Streifenwagen verbinden. „Kommen Sie jetzt bitte, wir haben eine Festnahme." Anschließend teilte er Düren mit: „Ich schick dir den Stallmach mit der Funkstreife voraus. Eigenbrodt und ich kommen in Kürze nach, wollen uns hier nur noch ein bißchen umsehen, auch wenn ich wenig Hoffnung habe, den ominösen Künstlerhut in seinem Kleiderschrank zu finden."

Typisch darauf Pits Antwort: „Sag das nicht, Kaweh! Mich würde es jedenfalls nicht wundern, wenn er seinen Kalabreser für jedermann sichtbar an die Flurgarderobe gehängt hat."

XIII.

Wiese sollte diesmal mit seiner Skepsis nur zum Teil recht behalten. Zwar blieb trotz gemeinsamer intensiver Suche Stallmachs auffällige Kopfbedeckung verschwunden, doch dann hatte der Kommissar eine Eingebung, die ihn zuletzt in einem unerwarteten Sinne fündig werden ließ. Er erinnerte sich nämlich auf einmal an Regine Stallmachs brutal verunstaltete Fotoalben, sah insbesondere einige Karnevalfotos vor sich und darunter eines der wenigen, auf denen Werner Stallmach, wenn auch nur im Halbprofil, unverstümmelt zu sehen war. Auf zwei anderen, die ihn mehr von hinten zeigten, konnte man ihn lediglich an seinem Hut erkennen, und dieser Hut entsprach ziemlich genau den Beschreibungen der Damen Thaler und Pfannenstiel.

So ließ denn Wiese seinen Mitarbeiter weiter nach dem Hut suchen, während er selber nach Fotos Ausschau hielt. Fotoalben waren nicht zu entdecken, die hatte Stallmach wohl alle seiner Frau überlassen. Doch dann fand sich in einem Schrank ein großer Karton mit Fotos. Offensichtlich war es Stallmach nicht eingefallen, seine Frau überall herauszuschneiden, und so entdeckte Wiese schließlich mehrere Fotos von jener Karnevalsparty, auf denen die blonde Regine als Spanierin und ihr Mann als Spanier mit dem imponierenden, wiewohl kaum zum Kostüm passenden Künstlerhut abgebildet waren.

Die zum Glück nicht völlig ergebnislose Suche hatte die Kriminalbeamten so lange aufgehalten, daß sie erst nach halb neun im Präsidium eintrafen. Hier wartete schon alles auf die Gegenüberstellung: Stallmach und sechs Polizeibeamte in Zivil in einem Nebenraum und, am ungeduldigsten, der Zugbegleiter Karl Schlieper, der vor dem leeren Podium saß und sich in Gesellschaft von Pit Düren mehr und mehr um seinen verdienten Feierabend gebracht sah.

Wiese erkannte mit einem Blick, daß der Eisenbahner sich nicht in bester Laune befand, begrüßte ihn daher mit ausgesuchter Höflichkeit, bedankte sich für seine Bereitwilligkeit, ihnen zu helfen, und bat um Entschuldigung, daß alles so lang dauere: „Aber jetzt geht's gleich los, das verspreche ich Ihnen. Und hinterher lasse ich Sie sofort zum Bahnhof bringen."

Das rechte Wort zur rechten Zeit: Karl Schlieper lebte sichtlich auf, und Wiese gab das Zeichen, mit der Gegenüberstellung zu beginnen. Rechts öffnete sich eine Tür, und es erschienen sieben Männer, die sich auf dem bordsteinhohen Podium in einer Linie aufstellten. Schlieper wartete nur wenige Sekunden, dann tippte er Wiese an die Schulter: Der Fall war für ihn klar.

„Danke, meine Herren, das war's schon", sagte der Kommissar, und nachdem sich die sieben zurückgezogen hatten: „Wen haben Sie erkannt?"

„Den zweiten von rechts. Es ist der Herr, der mir im Nachtzug nach Hamburg aufgefallen war."

„Sie sind sich ganz sicher?"

„Absolut, ich habe nicht den geringsten Zweifel."

„Und was sagen Sie hierzu?"

Der Eisenbahner betrachtete die Fotos, die ihm Wiese reichte, nur kurz, gab sie dann mit den Worten zurück: „Das ist er, ich meine, denselben Hut hatte er auch im Zug auf."

„Danke, Herr Schlieper, vielen Dank, Sie haben uns sehr geholfen! Mein Kollege hat Ihre Aussage bereits aufgenommen. Das Protokoll über die Gegenüberstellung ist gleich fertig, Sie brauchen es nur noch zu unterschreiben, dann fährt Sie einer meiner Mitarbeiter zum Bahnhof."

Nachdem dies erledigt war und Wiese den Zeugen endgültig verabschiedet hatte, ging er mit Düren und Eigenbrodt in sein Zimmer. Während sie hier darauf warteten, daß Stallmach heraufgebracht wurde, überflog er kurz das Protokoll über die Aussage des Zugbegleiters. Als dann endlich die Tür aufging und Werner Stallmach von einem Beamten hereingeführt wurde, der sich sogleich wieder empfahl, da hatte der Kommissar für einen Moment den

Eindruck: Dieser Mann ist fertig, auch wenn er es noch nicht wahrhaben will. Egal, ob heute oder morgen, am Ende wird er gestehen. Ein Eindruck, der sich jedoch im Nu verflüchtigte, kaum daß Wiese die neuerliche Vernehmung eröffnet hatte:

„Herr Stallmach, ich möchte Ihnen zunächst das Ergebnis der Gegenüberstellung mitteilen: Der Zugbegleiter, Herr Karl Schlieper, hat Sie unter sieben Personen einwandfrei als denjenigen Herrn identifiziert, der ihm in der Nacht zum Donnerstag in einem Abteil 2. Klasse des D 839 nach Hamburg aufgefallen war. Der Haftbefehl ist bereits beantragt. Bevor ich Sie bitte, sich hierzu zu äußern, mache ich Sie darauf aufmerksam, daß alle Ihre weiteren Aussagen gegen Sie verwendet werden können. Wollen Sie etwas sagen?"

Stallmach blieb eine Weile stumm, doch Wiese bemerkte sehr wohl, daß er längst seine Fassung zurückgewonnen hatte. „Da ich annehme", begann er schließlich, „daß Schweigen auf jeden Fall gegen mich spräche, bin ich bereit, Ihre Fragen, so gut ich kann, zu beantworten. Zuvor erkläre ich mit Nachdruck, daß ich am Tode meiner geschiedenen Frau keine Schuld trage!"

Wiese wartete, daß Eigenbrodt mit dem Stenografieren nachkam, erst dann sagte er: „Wäre ich nicht vom Gegenteil überzeugt, säßen Sie nicht hier. Bisher haben Sie auf jedes Argument mit Ausflüchten oder glattem Leugnen reagiert. Da ist zunächst Ihr angeblicher Opernbesuch. Erst konnten Sie sich an nichts erinnern. Dann erfuhren Sie das mit der Panne, und prompt fiel Ihnen ein, daß Sie es immer sehr eilig hatten, Ihren Platz zu verlassen, sowohl nach dem ersten als auch nach dem letzten Akt. Glauben Sie wirklich, das kauft Ihnen irgend jemand ab? Nun, wir werden die Hamburger Presse bitten, Ihre Logennachbarn ausfindig zu machen, und ich bin sicher, die haben nicht Sie, wohl aber den leeren Platz in der Loge bemerkt."

„Ihre Phantasie in Ehren, Herr Kommissar, nur kann die Ihnen handfeste Beweise nicht ersetzen. Und was meine

Logennachbarn angeht, so werden sie Ihnen nur bestätigen, was ich die ganze Zeit beteure: Ich war am Mittwochabend in Hamburg in der Oper!"

Stallmach schien wieder ganz der alte, selbstsicher und mit einem Anflug jener zurückhaltenden Arroganz, die Wiese schon gestern morgen unangenehm berührt hatte. Trotzdem ließ er sich nicht beirren, noch hatte er nicht alle Trümpfe ausgespielt.

„Ich bin überzeugt", sagte er, „daß die Frage, ob Sie in der Oper waren oder nicht, sich in allerkürzester Frist von selbst erledigen wird. Und was diesen ominösen Pensionsgast angeht, den Sie nachts vor der Haustür getroffen haben wollen, da bin ich sicher, daß es diesen Herrn entweder gar nicht gibt oder daß Sie jemand beschrieben haben, von dem Sie wissen, daß er inzwischen nach Amerika, Australien oder, noch besser, mit unbekanntem Ziel abgereist ist."

„Ich finde, Sie gehen entschieden zu weit, Herr Kommissar! Sie ergehen sich in Unterstellungen, dabei könnten Sie sich jederzeit bei Frau Kurowski erkundigen."

„Nun, das überlassen Sie getrost uns. Befassen wir uns zunächst einmal mit den Zeugen, die Sie in der fraglichen Nacht an Orten gesehen haben, wo Sie unter keinen Umständen gewesen sein wollen. Ihre einzige Erklärung: Die eine Frau spinnt, die andere braucht eine Brille. Nun aber ist noch ein Zeuge aufgetaucht, und der behauptet, Sie im Nachtzug nach Hamburg gesehen zu haben, und soeben hat er sie unter sieben Personen zweifelsfrei identifiziert. Was für eine Erklärung haben Sie nun für dieses Phänomen, Herr Stallmach?"

„Fast alle Zeitungen haben heute ein Foto von mir gebracht, da war es ja nicht schwer, mich wiederzuerkennen. Es ist auch noch nicht lange her, da wurden in der Boulevardpresse im Zusammenhang mit neuem Klatsch die alten Playboygeschichten über mich aufgewärmt. Ich bin also kein Unbekannter, und darum war diese Gegenüberstellung für mich eine reine Farce."

„So prominent, wie Sie's jetzt darstellen, sind Sie nun doch nicht. Im übrigen haben von den in Düsseldorf erscheinenden Zeitungen nur zwei ein Foto von Ihnen gebracht, kleine Archivbilder, mindestens sechs Jahre alt. Nach denen hätte ich Sie zum Beispiel bestimmt nicht erkannt. Und was Herrn Schlieper betrifft, der ist Kölner, und heute morgen war er noch in Hannover. Hören Sie, was er unter anderem ausgesagt hat: Ich kann mich an diesen Herrn deshalb so gut erinnern, weil er mir schon im Düsseldorfer Hauptbahnhof aufgefallen ist. Er machte nämlich einen ziemlich abgehetzten Eindruck, trotzdem hatte er den Mantelkragen hochgeschlagen und den ungewöhnlich großen Hut tief ins Gesicht gezogen. Später entdeckte ich ihn in einem fast leeren Abteil zweiter Klasse, in dem außer ihm nur noch eine ältere Frau saß, und zwar in der Fensterecke ihm schräg gegenüber, er selbst hatte es sich in der Ecke am Gang bequem gemacht. Als ich ihn wegen der Fahrtausweiskontrolle behelligen mußte, schien er zu schlafen. Er schrak richtig zusammen, dabei rutschte ihm der Hut aus der Stirn, und ich konnte für einen Moment sein Gesicht sehen, obgleich er den Hut sofort wieder nach vorn schob und den Kopf zur Seite drehte, als wollte er weiterschlafen. Soweit Zugbegleiter Schlieper. Finden Sie es nicht seltsam, daß sowohl er als auch die beiden Augenzeuginnen übereinstimmend Ihren auffälligen breitrandigen Hut bemerkt haben?"

„So ein ausgemachter Blödsinn! In meinem ganzen Leben habe ich noch nie einen solchen Hut getragen, geschweige denn besessen. Ich trage, wenn überhaupt, nur sportliche Kopfbedeckungen. Ansonsten kann ich mich nur wiederholen: Der Mann muß sich irren!"

„Der Mann irrt sich mit Sicherheit nicht, er ist sogar bereit, unter Eid auszusagen. Und was den Hut angeht, so ist Ihre Behauptung eine glatte Lüge, wie sich noch zeigen wird."

In diesem Augenblick läutete das Telefon. Für Stallmach eine willkommene Unterbrechung, denn er hatte beim letzten Satz die Farbe gewechselt. Am Apparat ein Kollege von der Spurensicherung. Er informierte Wiese über das Ergebnis der neuerlichen Untersuchung, die tatsächlich am Teppich im Gästezimmer ein paar winzige Blutspritzer zutage gefördert hatte: „Blutgruppe null wie bei der Toten. Den schriftlichen Bericht kriegen Sie morgen, das reicht wohl noch?"

„Aber ja, und besten Dank!" Plötzlich kam ihm eine Idee. Er stand auf, winkte Düren mitzukommen und zog sich mit ihm ins Vorzimmer zurück, Stallmach in der Obhut Eigenbrodts zurücklassend: „Soll der Kerl ruhig ein bißchen schmoren, bevor wir ihm die Fotos unter die Nase halten. Ich möchte erst noch mal versuchen, den Brinkmann zu erreichen."

Die Schumann-Klause meldete sich als rauchige Frauenstimme vor lärmender Geräuschkulisse. Vom Klavier war nichts zu hören: Rudi Brinkmann machte wohl gerade Pause. Endlich die Stimme des Studenten. Seine Begeisterung hielt sich in Grenzen, als er erfuhr, mit wem er es zu tun hatte. Doch Wiese kam nur auf ihr gestriges Zusammentreffen in der Wohnung von Frau Stallmach zurück und wollte wissen, ob ihm da irgendeine Veränderung aufgefallen sei.

„Nein", sagte er nach kurzem Nachdenken, „nicht daß ich wüßte."

„Vielleicht können Sie mir dann verraten, was für ein Teppich unter dem Telefontischchen liegt?"

„Ein dunkelbrauner, ich glaube, ein echter Perser."

„Ein Afghane, wie mir Frau Stallmachs Eltern versicherten. Allerdings liegt er nicht mehr da, sondern im Gästezimmer, und der dortige Teppich . . ."

„Richtig, der Berberteppich, der lag gestern in der Ecke im Wohnzimmer, jetzt seh ich ihn ganz deutlich vor mir, gestern hab ich auf so was überhaupt nicht geachtet."

„Worauf denn? Sie haben doch etwas Bestimmtes gesucht, oder irre ich mich?"

„Nein, Sie irren sich nicht, ich habe Fotos gesucht."

„Was für Fotos?"

„Von Regine und mir, mit Selbstauslöser aufgenommen, gingen nur uns beide was an."

„Haben Sie sie wenigstens gefunden?"

„Doch ja, im Schlafzimmer. Und dann bin ich gleich raus zu Ihnen, ich hatte Sie schon gleich beim Reinkommen auf der Terrasse stehen sehen."

„Hauptsache, Sie haben Ihre Bilder. Und was den Berberteppich betrifft, sind Sie sicher, daß der sonst immer im Gästezimmer lag?"

„Ja, noch am Dienstagabend, das weiß ich ganz genau." Und nach kurzem Zögern: „Ich hab das Gefühl, Ihr Verdacht gegen mich hat sich gelockert."

„Sagen wir, es steht nicht mehr ganz so schlecht für Sie. Gute Nacht, Herr Brinkmann."

Düren sah ihn fragend an. Wiese erzählte, wie ihn der Student gestern mittag auf der Terrasse des Penthouses überrascht hatte: aus Unachtsamkeit hatte er die Wohnungstür offengelassen. Eine Nachlässigkeit, die glücklicherweise ohne Folgen blieb. Nicht auszudenken, Brinkmann wäre der Mörder und hätte in aller Ruhe wichtige Spuren beseitigen können.

„Ist ja noch mal gutgegangen, Kaweh! Ein bißchen Glück gehört nun mal zu unserem Job, sonst hielte es keiner von uns länger als zwölf Monate in dem Geschäft aus. Und was ist nun mit dem verdammten Teppich?"

„Winzige Blutspuren, die der Mörder nicht mehr beseitigen konnte, drum hat er den Teppich gegen den im Gästezimmer ausgetauscht. So, nun noch ein kleiner Bluff und dann die Fotos. Bin neugierig, wie der Herr Direktor das übersteht!" Damit setzte er sich an Frau Löffelholzens Schreibmaschine, spannte einen Bogen ein und hämmerte angelegentlich in die Tasten, wobei sich seine Miene mit jeder Zeile merklich aufhellte.

XIV.

Als der Kommissar nach einer Weile mit Düren in sein Zimmer zurückkehrte, wirkte Stallmach deutlich nervöser als vorher. Die Erholungspause war ihm offenbar nicht bekommen. Die Art, wie er, kaum daß er die eine Zigarette im Aschenbecher ausgedrückt hatte, sich eine neue zwischen die Lippen schob und erst im dritten Anlauf mit seinem edelsteinbestückten Feuerzeug anzuzünden vermochte, entlarvte seine gelangweilte Miene als Maske, hinter der sich tiefe Unsicherheit verbarg.

„Ich habe gerade festgestellt", eröffnete Wiese die nächste Runde, „daß hier ein wichtiger Zeuge noch gar nicht zu Wort gekommen ist, ein Student namens Rudi Brinkmann. Sagt Ihnen der Name etwas?"

„Natürlich, er stand ja groß in der Zeitung. Ich kenne diesen Brinkmann nicht. Daß er als Freund meiner geschiedenen Frau zu den Verdächtigen gehört, weiß ich auch nur aus der Zeitung."

„Nun, Herr Brinkmann wird nicht mehr verdächtigt. Hören Sie, was er zu Protokoll gegeben hat." Wiese blätterte umständlich in den vor ihm liegenden Papieren, um am Ende doch nur das Blatt vorzunehmen, das er von draußen mitgebracht hatte. „Als ich im siebten Stock den Lift verließ", las er vor, „wohlgemerkt, die Rede ist von Mittwochabend gegen halb zwölf – da läutete ich Sturm, doch nichts rührte sich. Statt dessen vernahm ich Geräusche im Treppenhaus. Ich schlich zurück und sah gerade noch, wie eine Treppe tiefer ein Mann um die Ecke verschwand. Dabei fiel mir auf, daß er einen großen, dunklen Hut mit breiter Krempe trug. So weit Brinkmanns gestrige Aussage. Folgt ein Zusatz von heute abend: Auf den mir vorgelegten Fotos habe ich den Hut eindeutig wiedererkannt, der mir am späten Mittwochabend im Treppenhaus Brehmstraße 13 aufgefallen war. Ich bin sicher, daß es sich in beiden Fällen um denselben Mann handelt."

„Was für Fotos? Was für ein Hut?" Stallmachs Stimme überschlug sich fast. Von der gespielten Selbstsicherheit war nicht mehr viel zu merken. „Ich verlange eine Gegenüberstellung mit diesem Brinkmann! Das Ganze ist ein Komplott! Er will den Mord, den er selber begangen hat, mir in die Schuhe schieben!"

„Ach hören Sie auf mit dem Theater, Herr Stallmach, die Rolle halten Sie doch nicht durch." Wiese sprach kaum lauter als bisher, trotzdem klangen seine Worte wie Peitschenhiebe. „Sie wollten besonders schlau sein und haben sich mit einem Ungetüm von Hut getarnt. Erreicht haben Sie damit genau das Gegenteil, denn es war gerade dieser Hut, der allen Zeugen als erstes aufgefallen ist. Wir wissen nicht, in welche Mülltonne Sie ihn geworfen haben, ist auch nicht mehr wichtig. Hier, auf diesen Fotos hat man Sie und Ihren Hut einwandfrei identifiziert, und zwar sowohl Herr Brinkmann als auch Herr Schlieper, Ihr Zugbegleiter." Und ihn heranwinkend: „Ja, kommen Sie nur und sehen Sie sich das an!"

Wiese und seine beiden Kollegen beobachteten schweigend, wie Stallmach sich erhob, an den Schreibtisch herantrat und auf die hier ausgebreiteten Fotos blickte. Er stand da wie erstarrt, sagte kein Wort.

„Nicht einmal zwei Jahre alt sind diese Aufnahmen. Und was steht hier auf der Rückseite? Zwei, die sich lieben. Karnevalsparty in Meerbusch." Unvermittelt schien der Kommissar alle Beherrschung zu verlieren. Während er anklägerisch auf die Bilder deutete, brach es aus ihm heraus: „So eine hübsche junge Frau, die noch das ganze Leben vor sich hatte, und Sie gehen her und bringen sie kaltblütig um, nur weil sie nichts mehr von Ihnen wissen wollte! Nach dem Reinfall mit der Schauspielerin Eva-Maria Leicht glaubten Sie, Ihre geschiedene Frau würde sofort zu Ihnen zurückkehren, wenn Sie sie nur recht schön drum bitten. Sie dachte jedoch gar nicht daran, sie hatte sich inzwischen mit einem netten jungen Mann getröstet, und das traf Sie natürlich am schwersten. Da sahen Sie rot und haben zugeschlagen. Jetzt aber sind Sie zu feige, sich zu Ihrer Tat zu bekennen, ja, ein ganz jämmerlicher Feigling sind Sie!"

„Nein, das ist nicht wahr, ich bin kein Feigling! Ich habe Regine getötet, ja, ich war verrückt vor Eifersucht, ich konnte es einfach nicht ertragen, daß sie sich mit diesem windigen Studenten eingelassen hatte."

Wiese brach als erster das Schweigen, das nach dem plötzlichen Geständnis eingetreten war: „Nun nehmen Sie mal wieder Platz und dann erzählen Sie uns alles schön der Reihe nach." Und in Gedanken setzte er hinzu: Über das eigentliche Motiv reden wir später. „Wie also war das am Mittwochabend? Wie und wann sind Sie nach Düsseldorf gekommen? Wie und wann haben Sie sich Zutritt zur Wohnung Ihrer geschiedenen Frau verschafft? Das Beste ist, Sie fangen mit der Oper an."

Doch zunächst saß Werner Stallmach mit geschlossenen Augen wie versteinert auf seinem Stuhl. Wiese kannte diese Erstarrung unmittelbar nach einem Geständnis und wußte, daß man hier nur mit geduldigem Warten weiterkam. Durch Zeichen gab er Düren zu verstehen, daß er sich um frischen Kaffee kümmerte. Hoffentlich kam er mit Frau Löffelholzens Kaffeemaschine zurecht. Eigenbrodt, darin durchaus versiert, wurde als Stenograf gebraucht. Der Kriminalhauptmeister war noch nebenan, wie man hörte, mit dem Kaffee beschäftigt, als Stallmach endlich zu reden begann, stockend und ein ums andere Mal gänzlich verstummend, so daß Wiese sich gezwungen sah, ihn immer wieder durch gezielte Fragen bei der Stange zu halten:

„Ich war an dem Abend nicht in der Oper. Mein Zug nach Düsseldorf ging um kurz vor sieben, ein Intercity. Wegen des Zigeunerbarons machte ich mir keine Sorgen, ich hatte die Inszenierung im Oktober gesehen, bei meinem vorletzten Besuch in Hamburg ..."

„Als Sie die Pension verließen, hatten Sie da schon Ihren Hut auf?"

„Nein, in der Pension hat den niemand gesehen, ich hatte ihn die ganze Zeit in meinem Koffer. Erst am Mittwochmorgen habe ich ihn aus dem Koffer genommen und in einer Tüte zum Bahnhof gebracht, wo ich ihn in einem Schließfach verstaute. Abends dann im Zug habe ich mir den Hut tief in die Stirn gedrückt und mich schlafend gestellt, um nicht angequatscht zu werden."

„Wie ging es weiter hier in Düsseldorf? Sie hatten doch nur anderthalb Stunden bis zur Abfahrt des D 839 nach Hamburg."

„Ja, es war ziemlich knapp. Man sollte es ja auch für völlig unmöglich halten, daß einer in so kurzer Zeit . . ."

„Am Bahnhof haben Sie ein Taxi genommen?"

„Nein, ich bin mit der Straßenbahn gefahren, das war mir sicherer."

„Aber auch zeitraubender."

„Stimmt. Die Bahn kam erst fünf nach halb elf, zehn Minuten später war ich am Brehmplatz. Ich ging jedoch nicht auf dem direkten Weg zum Haus, ich benutzte die andere Straßenseite, weil ich nicht bei der Polizei vorbei wollte."

„Sie meinen die Dienststelle vom Schutzbereich III?"

„Ja, ich blieb auf der anderen Seite, ging auch noch ein Stück in den Park hinein, bis ich erkennen konnte, daß in der Wohnung Licht brannte, wenn auch nur ganz schwach."

„Wann haben Sie das Haus betreten?"

„Ich denke, gegen elf."

„Hat Sie jemand gesehen?"

„Nein. Der Lift war unten. Ich bin bis zum fünften Stock gefahren, den Rest bin ich gegangen."

„Und wie sind Sie in die Wohnung gekommen? Man hat Sie doch nicht so einfach hereingelassen."

„Nein. Ich hörte schon vom Treppenhaus aus Regine telefonieren. Dazu lief das Radio. Das war bei ihr immer so, sie brauchte ständig eine Geräuschkulisse. Was sie sagte, war nicht zu verstehen, aber ich konnte mir zusammenreimen, mit wem sie sprach . . ."

„Wie also sind Sie reingekommen?"

„Mit einem Schlüssel. Ich besitze noch einen Ersatzschlüssel, den ich seinerzeit vergessen habe abzugeben. Ich fand ihn erst vorige Woche zufällig beim Aufräumen in einem alten Sakko . . ."

„Und als Sie aufgeschlossen hatten, was geschah dann? . . . Herr Stallmach, Sie sind doch nicht bei der Tür stehengeblieben. Sie hatten doch einen ganz bestimmten Plan!"

„Ich ging leise durch den Flur. Regine hat mich nicht kommen hören. Auf einmal stand ich hinter ihr. Sie sagte noch etwas wie: Dann bis gleich, Liebster! und legte auf. Da bin ich durchgedreht . . ."

„Das kann so nicht stimmen, Herr Stallmach. Wir haben uns erkundigt. Der letzte Anruf Ihrer geschiedenen Frau erfolgte wenige Minuten nach elf. Sie telefonierte mit der Schumann-Klause, aber nicht mit Herrn Brinkmann, denn der hatte das Lokal bereits vor elf verlassen. Nein, sie hat ihn zwar sprechen wollen, aber nicht mehr erreicht. Bis gleich, Liebster, das hat sie bestimmt nicht zum Wirt gesagt."

„Kann sein, ich weiß es nicht mehr, ich sah eben nur noch rot, und da hab ich zugeschlagen."

„Womit? . . . Herr Stallmach, womit haben Sie zugeschlagen? Doch nicht mit der bloßen Faust!"

„Nein, mit einem kurzen Eisenrohr. Ich hatte es vor einiger Zeit zufällig bei mir in der Garage gefunden."

„Rein zufällig? War es nicht eher so, daß Sie danach gesucht hatten?"

„Nein, es fiel mir beim Aufräumen in die Hände."

„Immerhin hatten sie gleich Verwendung für das Rohr. Wie groß war es denn? Länge, Durchmesser?"

„Weiß ich nicht. Vielleicht fünfundzwanzig, dreißig Zentimeter lang und zwei, drei Zentimeter Durchmesser."

„Und dieses Rohr hatten Sie immer dabei, ich meine, im Flugzeug nach Hamburg und zurück im Zug?"

„Nein, im Flugzeug, das wäre ja womöglich aufgefallen beim Durchleuchten. Ich hab's schon letzten Samstag vorausgeschickt."

„Also Vorbereitung von langer Hand . . . Als Sie hinter Ihrer geschiedenen Frau standen, haben Sie gewartet, bis sie den Hörer auflegte, dann haben Sie ihr mit dem Rohr einen wuchtigen Schlag auf den Kopf versetzt, richtig?"

„Ja."

„Hat sie nicht geschrien?"

„Nein, nur einmal geächzt, ganz kurz, dann rührte sie sich nicht mehr."

„Wenn sie nicht gerade telefoniert hätte, so daß Sie unbemerkt in die Wohnung gelangen konnten, wie hätten Sie Ihren Plan ausgeführt?"

„Ich hätte geklingelt und Regine dringend um eine Aussprache gebeten."

„Mit dem Fuß in der Tür wie ein Vertreter?"

„Vielleicht."

„Und weiter?"

„Ich hätte warten müssen, bis sie mir mal den Rücken zukehrt. Es sollte jedenfalls nach einem Raubmord aussehen, da würde man mich am wenigsten verdächtigen. Doch dann kam mir die Idee mit dem Selbstmord."

„Wie das?"

„Regine war ganz steif, sie blutete fast gar nicht. Da sah ich plötzlich, daß die Tür zur Terrasse halb offenstand. Regine hatte wohl gerade etwas lüften wollen. Ohne lange nachzudenken, schleppte ich sie nach draußen und warf sie über die Brüstung in den Hof."

„Hatten Sie keine Angst, dabei beobachtet zu werden?"

„Im Wohnzimmer brannte nur die Tischlampe neben dem Telefon, die Vorhänge waren zugezogen, und draußen war es dunkel. Außerdem habe ich in dem Moment überhaupt nicht mehr gedacht."

„Aber sehr überlegt gehandelt! Um keine Fingerabdrücke zu hinterlassen, haben Sie offenbar die ganze Zeit Ihre Handschuhe anbehalten. Obwohl Ihr Opfer kaum geblutet hat, waren Sie clever genug, die Teppiche auszuwechseln. Tatsächlich fanden sich hier im Gewebe minimale Blutspuren, die Sie auf die Schnelle nicht entfernen konnten.

Schließlich besaßen Sie die Kaltblütigkeit, trotz der gebotenen Eile den Weg vom Telefon bis zur Terrassenbrüstung so gründlich zu inspizieren, daß von Ihrem Verbrechen keine Spur zurückblieb. Ich fürchte, ohne Ihren Hut hätten wir Sie möglicherweise laufenlassen müssen ... Möchten Sie etwas trinken?"

Während Düren, der noch vor der letzten Bemerkung zurückgekommen war, aus einer Kanne frischen Kaffee auszuschenken begann, Stallmach sich mit zittrigen Fingern eine neue Zigarette ansteckte und Eigenbrodt das Geständnisprotokoll mit einer Schnelligkeit, die Frau Löffelholz alle Ehre gemacht hätte, in die Maschine hämmerte, spann der Kommissar seinen Gedanken weiter: Wenn er nun dieser Spur, weil eindeutige Zeugenaussagen fehlten, nicht weiter nachgegangen und der Mörder ihm tatsächlich durch die Lappen gegangen wäre, hätte er sich da nicht leicht in die fatale Lage manövrieren können, den falschen Täter, und das hieß in diesem Falle nicht einmal Rudi Brinkmann, sondern weit eher die faszinierend undurchsichtige Eva-Maria Leicht zu verfolgen, ja, sie womöglich in Haft zu nehmen? Bis zum peinlichen Erwachen, wenn sich am Ende ihre Schuldlosigkeit herausstellte, es sei denn, Staatsanwalt und Richter teilten seine Blindheit und verurteilten sie wegen eines Mordes, den sie nie begangen hatte ... Siedendheiß wurde ihm bei dieser Vorstellung. Verwirrt schaute er um sich, doch sowohl Stallmach als auch seine beiden Mitarbeiter waren mit sich selbst beschäftigt. Entschlossen griff er zum Rotstift und notierte in großer Schrift auf einem Zettel: Frau Leicht im Theater anrufen, doppelt unterstrichen und mit zwei Ausrufezeichen.

XV.

Nach der kleinen Unterbrechung schilderte Stallmach, nun wieder gefaßter, den Rückweg, wobei er im Grunde nur bestätigte, was die Zeugen bereits ausgesagt hatten, beziehungsweise was ihnen von Wiese in den Mund gelegt worden war. Neu war lediglich, daß Stallmach die Tatwaffe, also das Stück Eisenrohr, unterwegs aus dem fahrenden Zug geworfen und sich von dem für ihn so verhängnisvollen Hut auf der Toilette des Hamburger Hauptbahnhofs getrennt hatte. Inzwischen traf der Haftbefehl ein, Eigenbrodt war mit dem Protokoll so gut wie fertig, da überraschte Wiese seine Kollegen, erst recht aber den geständigen Täter mit der Ankündigung: „Und nun wollen wir auch noch die letzte Ungereimtheit beseitigen: Ihr Motiv, Herr Stallmach! An Eifersucht glauben Sie so wenig wie ich. Ich habe sie nur ins Spiel gebracht, um Ihnen das Geständnis zu erleichtern. Mord aus Eifersucht, da schwingt bei allem Abscheu immer etwas Mitgefühl, ja Verständnis mit. Othello, Carmen und so weiter. Doch wie war das bei Ihnen? Hatten Sie nicht ganz andere Beweggründe?"

„Ich weiß nicht, wovon Sie reden. Ich habe alles gesagt, was zu sagen war, habe mich in keiner Weise geschont. Ja, ich war blind vor Eifersucht, was sage ich, ich muß wahnsinnig gewesen sein. Jetzt, wo es zu spät ist, sehe ich das ganz klar. Und ich begreife nicht, wie ich so etwas tun konnte. Ich habe sie doch geliebt, ja, seit der Scheidung wußte ich, Regine war die einzige große Liebe meines Lebens!"

Seine Stimme versagte, ging in ein unterdrücktes Schluchzen über. Nicht auszuhalten, dachte Wiese, ein richtiger Schmierenkomödiant! Der Kerl brachte es glatt fertig, in Tränen auszubrechen. Tränen des Selbstmitleids natürlich, des großen moralischen Katzenjammers. Und war dabei ein eiskalter Killer, der einen raffinierten Mordplan ausgetüftelt und ihn mit einer bemerkenswerten kriminellen Energie in die Tat umgesetzt hatte.

„Die Tour sparen Sie sich besser fürs Gericht auf", sagte der Kommissar, „die nimmt Ihnen hier keiner ab. Tatsache ist, daß Herr Brinkmann Ihnen völlig gleichgültig war. Erst durch die Presse haben Sie von seiner Existenz erfahren. Als Sie Ihren Plan vorbereiteten, wußten Sie nicht, daß Ihre geschiedene Frau inzwischen einen Freund hatte. Kein Wunder, tagsüber ist er in der Uni und abends jobt er drei-, viermal in der Woche als Klavierspieler in der Altstadt und kommt meist erst spät nach Hause. Trotzdem wär's am Mittwochabend beinahe schiefgelaufen, weil Herr Brinkmann einen kleinen Krach mit seiner Freundin hatte und deshalb früher Schluß machte. Um ein Haar wären Sie sich im Treppenhaus begegnet. Übrigens haben Sie uns Ihren letzten Anruf in der Brehmstraße verschwiegen, zehn, zwölf Tage, bevor Sie zum Mörder wurden. Es hat Ihnen nichts geholfen, Regine hat es ihren Eltern brieflich mitgeteilt."

„Ich wollte mich mit ihr aussöhnen, sie sollte zu mir zurückkehren, das war's, deshalb habe ich angerufen."

„Wer soll Ihnen das bitteschön abkaufen? Nein, Sie wollten ganz etwas anderes, Sie wollten die Unterhaltsregelung abändern, die fünftausend Mark monatlich waren Ihnen auf einmal zu happig. Sie können doch nicht bestreiten, daß Sie einen monatelangen Nervenkrieg geführt haben, bis Ihre Frau in die Scheidung einwilligte. Und nur wenige Wochen später wollen Sie in ihr Ihre einzige große Liebe entdeckt und versucht haben, alles wieder rückgängig zu machen? Ich finde, Sie sollten endlich die Wahrheit sagen, die volle Wahrheit."

„Ich habe nichts mehr zu sagen."

„Dann werde ich es für Sie tun. Enttäuschung und Wut waren die Triebfedern Ihres Handelns. Sie selbst haben mich übrigens darauf gebracht. Erinnern Sie sich noch an das, was Sie gestern morgen hier in diesem Zimmer über die Schauspielerin Eva-Maria Leicht geäußert haben? Sie hatten sich so viel von dieser Beziehung versprochen und glaubten sich nach der Scheidung am Ziel Ihrer Wünsche.

Es wurde nichts draus. Madame Leicht hat Ihnen einen Korb gegeben und Sie ausgelacht. Da erschien Ihnen auf einmal der Preis, den Sie für eine geplatzte Seifenblase bezahlen sollten, entschieden zu hoch. Sie versuchten, mit Ihrer geschiedenen Frau wieder ins Gespräch zu kommen, um diesen Preis herunterzuhandeln."

„Sie hatte ihn durch ihre Hinhaltetaktik unverschämt in die Höhe getrieben", entfuhr es dem Beschuldigten.

„Mag sein. Jedenfalls passierte Ihnen erneut das, was ein Mann Ihres Naturells am wenigsten verträgt: Sie wurden ausgelacht, zum zweitenmal kurz hintereinander ausgelacht von einer Frau. Zutiefst gekränkt in Ihrer Eitelkeit, dazu enttäuscht und wütend, sannen Sie auf Rache. Am liebsten hätten Sie zweifellos Frau Leicht ins Jenseits befördert, aber was hätte das gebracht? Jeder hätte sofort Sie verdächtigt. Also verfielen Sie auf die Idee, Ihre geschiedene Frau umzubringen und damit noch ein gutes Geschäft zu machen: immerhin pro Jahr eine Ersparnis von rund sechzigtausend Mark."

„Was ist das schon? Sie sollten sich mal die Bilanzen meiner Firma ansehen, dann wüßten Sie, wie lächerlich Ihre Unterstellung ist."

„Es wurde schon wegen weit geringerer Summen gemordet, Herr Stallmach. Möchten Sie sonst noch etwas zur Sache sagen? Das ist nicht der Fall." Er war aufgestanden und hinter den jungen Kollegen getreten, der auf der Maschine die letzten Sätze des Protokolls schrieb, mit einem Ruck den Bogen herauszog und ihn dem Kommissar reichte. Der ging damit zurück an seinen Schreibtisch, las schweigend den Text durch und gab ihn schließlich, nachdem er und seine Kollegen ihre Namen daruntergesetzt hatten, dem Beschuldigten zum Lesen und Unterschreiben. Als das geschehen war, erklärte er ihm: „Sie werden jetzt für die Dauer der Untersuchungshaft in die Ulmenstraße überstellt." Und zu Düren: „Pit, du bist so gut und erledigst das."

Direktor Vandenberg! Wo war noch die Godesberger

Nummer? Er hatte sie auf seinem Terminkalender quer über den ganzen Samstag notiert, doch als er jetzt versuchte, seinen Chef zu erreichen, meldete sich niemand unter der angegebenen Nummer. Sollte er telegrafieren? Ach was, so wichtig war's nun auch wieder nicht, morgen blieb noch Zeit genug. Wichtiger war im Augenblick sicherlich die Unterrichtung der Öffentlichkeit, und so diktierte er Eigenbrodt eine kurze Meldung für die Pressestelle direkt in die Maschine.

Wenig später saß er allein in seinem Dienstzimmer. Halb zehn durch. Noch waren keine 48 Stunden vergangen, seit Regine Stallmach sterben mußte, und schon war der Täter gefaßt und, wichtiger noch, voll geständig. Wie so oft nach einem mühsam erarbeiteten Erfolg empfand Wiese ein plötzliches Gefühl der Leere, und statt verständlicher Genugtuung bemächtigte sich seiner paradoxerweise eine schleichende Unzufriedenheit mit sich selbst. Während er lustlos in den Meldungen, Berichten und Aktennotizen blätterte, zu deren Lektüre er tagsüber nicht gekommen war, läutete das Telefon:

„Dr. Grießhammer hier, ich bin der Anwalt von Herrn Direktor Stallmach. Ich komme gerade von auswärts zurück und finde seine alarmierende Nachricht vor. Was ist los?"

„Ihr Mandant steht in dringendem Verdacht, seine geschiedene Ehefrau ermordet zu haben. Wir mußten ihn in Untersuchungshaft nehmen, er hat die Tat gestanden."

„Kann ich ihn sprechen?"

„Im Augenblick ist er auf dem Weg in die Ulmenstraße. Ich würde Ihnen empfehlen, sich von der Staatsanwaltschaft einen Termin für morgen vormittag geben zu lassen."

Der Anwalt war einverstanden. Er schien nicht sonderlich beeindruckt. Ob Stallmachs Verhaftung ihn am Ende gar nicht so überrascht hatte? Wieses Blick fiel auf die rote Notiz mit den beiden Ausrufungszeichen. Sollte er warten, bis die Vorstellung zu Ende war, und sich direkt mit der

Schauspielerin verbinden lassen? Nach allem, was er sich ihr gegenüber geleistet hatte an Verdächtigungen und Unterstellungen, wäre es gewiß angebracht. Aber er fühlte sich zu einem solchen Gespräch einfach nicht mehr aufgelegt, nicht fit genug, ja auf unerfindliche Weise müde und matt, ähnlich jener Apathie, die ihn nicht selten unmittelbar nach der leidenschaftlichsten Umarmung befiel, ein Gefühl von Vergeblichkeit, ja, das war es wohl. So schien es ihm denn doch vernünftiger, mit der zweifellos unerläßlichen Aussprache noch eine Weile zu warten.

Er wählte die Nummer des Theaters. Eine Dame meldete sich. Er bat sie, Frau Leicht auszurichten, daß sich der Samstagmorgentermin mit Herrn Wiese erledigt habe. Kein Wort von Polizei, von Vorladung oder so, das war nun wirklich nicht mehr vonnöten. Noch etwas? Nein, weiter nichts, Frau Leicht weiß dann schon Bescheid.

XVI.

Als der Kommissar am anderen Morgen mit dem Bus über die Rheinbrücke fuhr, war er, nicht nur angesichts des strahlenden Herbstwetters, bestens aufgelegt. Freundin Hannelore hatte ihn schon beim Frühstück angerufen und angekündigt, sie werde ihn gegen elf am Jürgensplatz abholen und mit ihm nach Urdenbach fahren, wo es dem Vernehmen nach ein tolles Feinschmeckerlokal geben sollte. Er wußte, er würde sie zwar bremsen müssen, denn sie war eine eher wilde Autofahrerin, dennoch freute er sich auf den Tag mit dem temperamentvollen und herrlich unkomplizierten Mädchen.

Zuvor aber hatte er noch einiges im Präsidium zu erledigen. Zu seiner Erleichterung traf er Frau Löffelholz an, die mit einer Kollegin den Samstagsdienst getauscht hatte. Sie hatte bereits Zeitung gelesen und gratulierte ihrem Chef zu dem „großartigen Erfolg". Wiese wehrte ab, bat um einen Kaffee und zog sich mit sämtlichen Tageszeitungen in sein Zimmer zurück.

Da es sich um eine ihm bekannte Nachricht handelte, galt seine Neugier wieder einmal der Frage, wie dieselbe Meldung von den verschiedenen Redaktionen ihren Lesern serviert wurde. Was gehörte in die Schlagzeile? Da war von einer „spektakulären Erfolgsserie der Düsseldorfer Kripo" die Rede, während ein anderes Blatt verkündete: „Chef der Stallmach-Werke gesteht Mord an seiner geschiedenen Frau." In der Gazette, die tags zuvor den Studenten Brinkmann noch quasi zum Mörder abgestempelt hatte, hieß es nun lakonisch: „Todessturz geklärt? Ex-Ehemann verhaftet." Ein Hinweis auf Brinkmanns einstweilige Verfügung fand sich versteckt im Lokalteil.

Aber hatte er, Wiese, denn ein Recht, die Nase über die Praktiken dieses Boulevardblatts zu rümpfen? War er selbst nicht nahe daran gewesen, aufs falsche Pferd zu setzen? Die Heftigkeit, mit der er wieder mal Schläfen und Brauen massierte, und auch der frische Kaffee, den ihm Frau Löffelholz brachte, vermochten nicht, ihn aus einen selbstquälerischen Gedanken zu lösen. Das besorgte erst Direktor Vandenberg, der sich telefonisch aus Bad Godesberg meldete:

„Wieso muß ich aus der Zeitung erfahren, daß dieser Stallmach der Mörder ist? Wozu, glauben Sie wohl, habe ich Ihnen meine Telefonnummer dagelassen? Ist es denn zuviel verlangt, wenn ich darum bitte, daß man mich über wichtige Vorgänge umgehend unterrichtet?" Und so fort, ohne sich eine Atempause zu gönnen. Endlich, nachdem ihm offenbar keine neuen Vorwürfe mehr eingefallen waren: „Was ist, hören Sie mir eigentlich zu, haben Sie gar nichts zu sagen?"

„Da Sie mich erst jetzt zu Wort kommen lassen", entgegnete Wiese und zwang sich, nicht aus der Rolle zu fallen, „möchte ich Ihnen nur sagen, daß ich gestern abend zweimal vergeblich versucht habe, Sie telefonisch zu erreichen."

Es stellte sich heraus, daß man in der Stadt gegessen hatte und erst nach elf Uhr zurückgekehrt war. Wiese schluckte eine patzige Bemerkung hinunter, beschränkte sich auf eine kurze Zusammenfassung der Vernehmung und des Geständnisses von Werner Stallmach. Als er endlich auflegen konnte, atmete er tief durch und sagte laut vor sich hin: „Altes Ekel!" Das erleichterte. Die Erleichterung war nur von kurzer Dauer, denn schon öffnete sich die Tür, und Frau Löffelholz, sichtlich konsterniert, meldete ihm eine Besucherin: Frau Leicht.

„Guten Morgen, Herr Kommissar, Sie machen ja einen ganz belämmerten Eindruck." Sie musterte ihn mit jenem leicht mokanten Lächeln, das er an ihr kannte, nahm, ohne seine Aufforderung abzuwarten, auf einem der beiden Besucherstühle Platz, und mit einem Blick auf die triste Einrichtung: „Mein Gott, Sie haben es hier ja gemütlich wie in einer Gefängniszelle!"

„Entschuldigen Sie meine Verwirrung!" Wiese wirkte in der Tat ziemlich verstört. „Sie sehen mich bestürzt, weil überhaupt nicht auf Ihr Kommen vorbereitet. Hat man Ihnen denn gestern abend im Theater nicht ausgerichtet, daß unsere Vorladung inzwischen hinfällig geworden ist?"

„Dann wäre ich jetzt bestimmt nicht hier! Was ist passiert, daß ich für Sie auf einmal nicht mehr interessant bin?"

„Ja, lesen Sie denn keine Zeitung?"

„Doch, nur nicht so früh am Tag. Ich bin ja eben erst aufgestanden, mußte mir ein Taxi nehmen, sonst hätte ich es nicht mehr rechtzeitig geschafft."

Er reichte ihr eines der Boulevardblätter und beobachtete die Schauspielerin, wie sie kopfschüttelnd den Artikel überflog, der unter dem reißerischen Titel „Todessturz war raffinierter Mord" über Verhaftung und Geständnis des Mannes berichtete, mit dem sie bis vor kurzem befreundet gewesen war.

„Ich muß Sie sehr um Entschuldigung bitten, Frau Leicht", sagte er, als sie mit der Lektüre fertig war und ihm die Zeitung wortlos zurückgab. „Ich habe Sie eines schlimmen Verbrechens verdächtigt, habe Ihnen einen Mord zugetraut und war nahe daran ..."

„Schon gut", unterbrach sie ihn. „Ich nehme an, Sie haben nur das getan, was Sie als Kriminalbeamter für Ihre Pflicht hielten."

„Verzeihen Sie, das wäre zu einfach. Ich könnte mich natürlich darauf berufen, Pflicht klingt immer gut. Die Wahrheit ist komplizierter. Ich habe seit gestern, seit ich ahnte, daß Sie mit Regine Stallmachs Tod nichts zu tun hatten, immer wieder darüber nachdenken müssen."

„Worüber? Daß die Wahrheit kompliziert ist?" Ihr überlegenes Lächeln machte es ihm nicht leicht.

„Ich habe mich gefragt, warum ich gerade Sie so hartnäckig mit meinem Verdacht verfolgt habe, und mir ist klargeworden, daß ein simples Reizwort mich auf die falsche Fährte geführt hat, die Möglichkeit nämlich, daß hier eine lesbische Beziehung mit im Spiel war."

„Ach, und lesbisch ist für Sie ein Reizwort? Ich hätte Sie für toleranter gehalten."

„Ich mich im Grunde auch. Das ist es ja, was mich an mir so erschreckt. Nur weil meine Tochter seit einigen Wochen mit einer Frau zusammenlebt, verliere ich plötzlich die Übersicht, lasse mich von Gefühlen statt von der Logik leiten, das Schlimmste, was einem Kriminalisten passieren kann."

„Es ist ja noch mal gutgegangen, Herr Wiese. Übrigens wäre ich auch nicht auf Herrn Stallmach gekommen, und ich begreife nicht, wieso Werner so etwas tun konnte. Doch Offenheit gegen Offenheit. Sie haben mich wiederholt nach meiner Beziehung zu Regine gefragt, und ich habe jede lesbische Neigung bestritten. Das stimmt nicht ganz."

„Ich weiß. Man hat mir noch gestern geschmackvollerweise das Buch von Vilma Gebhardt zugespielt, natürlich nicht ohne den Hinweis, um wen es sich bei der Schauspielerin Marie-Louise handelt."

„Ach wie reizend!" Eva-Maria Leicht lächelte unbefangen. „Die Lektüre hat Sie hoffentlich nicht umgeworfen."

„Das gerade nicht, so spießig bin ich denn doch nicht. Nein, ich habe zwar nur dieses eine Kapitel gelesen, aber ich fand es sehr gut geschrieben, vor allem hat die Autorin Humor."

„O ja, Witz und Charme und Verstand und Herz, eine seltene Mischung. Schade, daß sie inzwischen zurück nach Berlin gegangen ist."

„In Berlin lebt auch meine Tochter. Sie wird bald fünfundzwanzig und studiert seit Jahren ohne eigentliches Ziel. Ich frage mich oft, ob Berlin wirklich das richtige Pflaster für sie ist."

„Sie meinen, weil sie da mit einer Frau zusammenlebt? Ist das so wichtig? Ist es nicht wichtiger, daß sie überhaupt einen Menschen hat, mit dem sie glücklich ist? Und daß dieser Mensch eine Frau ist, könnte das nicht auch an den Männern liegen?"

Das Telefon enthob ihn einer Antwort. Er griff zum Hörer. Die Stimme von Frau Löffelholz: „Ein Anruf für Sie aus der Ulmenstraße." Er verspürt einen leisen Stich: Was die wohl von ihm wollten, jetzt, am Samstagvormittag? Am Apparat der diensthabende Beamte vom Untersuchungstrakt: „Herr Hauptkommissar Wiese? Ich muß Ihnen leider etwas Unangenehmes melden. Trotz ständiger Überwachung hat sich der Untersuchungshäftling Werner Stallmach vor etwa zwanzig Minuten in seiner Zelle am Heizungsrohr erhängt. Sofort vorgenommene Wiederbelebungsversuche blieben bedauerlicherweise erfolglos. Die Staatsanwaltschaft ist bereits informiert."

„Danke!" Konrad Wiese legte auf und starrte wie geistesabwesend vor sich hin, bis ihn ein Hüsteln an die Gegenwart der Schauspielerin erinnerte. „Verzeihung, Frau Leicht, das war eben ein ziemlicher Schock. Es ging um Herrn Stallmach. Er hat sich in seiner Zelle umgebracht."

„Was sagen Sie? Werner hat sich umgebracht?" Diesmal versagte ihr fast die Stimme. Sie schlug die Hände vors Gesicht, und es wirkte nicht einmal theatralisch. Erst nach einer Weile hatte sie sich wieder gefangen, wenn auch ihre Stimme immer noch brüchig klang: „So ein Wahnsinn, und ich wollte doch nur, daß Regine nicht als Heimchen am Herd versauert. Sie war so begabt, aus ihr hätte wirklich eine große Schauspielerin werden können, und darum habe ich ein bißchen Schicksal gespielt. Mein Gott, nun sind beide tot, und ich habe sie auf dem Gewissen!"

Ihre Worte gingen unter in hemmungslosem Schluchzen. So souverän, wie sich die Schauspielerin bisher gegeben hatte, so völlig verlor sie in diesen Augenblick jede Kontrolle über sich. Der Kommissar wartete geduldig, bis sie sich etwas beruhigt hatte. Dann sagte er tröstend: „Unsinn! Herr Stallmach hat seine Frau auf dem Gewissen, und weil er das nicht länger ertragen konnte, darum hat er sich das Leben genommen. Vielleicht ist es so auch das Beste für ihn. Sie trifft jedenfalls keine Schuld an seinem Ende."

„Danke, Herr Wiese!" Sie war aufgestanden und reichte ihm zum Abschied die Hand. „Sehr nett gemeint von Ihnen, aber es hilft nichts, ich weiß nur zu gut, daß ich keineswegs schuldlos bin."

Er begleitete sie bis zur Tür. „Sie sollten es trotzdem nicht zu schwer nehmen."

„Und Sie nicht, was Sie zur Zeit mit Ihrer Tochter erleben."

Sie sagte: erleben, nicht durchmachen. Wiese sah ihr nach, wie sie durchs Vorzimmer schritt, nun schon wieder in einer Haltung, die nichts mehr von ihrem inneren Aufruhr verriet, und dachte mit einem Anflug von Bedauern: Eine unglaublich faszinierende Frau, er würde sie so bald nicht wiedersehen, es sei denn, auf der Bühne oder auf dem Bildschirm.

edition q – Buchtips

Henning Mankell

Mörder ohne Gesicht

Der gegenwärtig führende Krimi-Autor Schwedens
besticht durch die Realistik und Spannung seiner
Stories – so auch hier, in einer atemberaubenden
Mörderjagd.
Ausgezeichnet als bester Thriller Skandinaviens
1992.

304 Seiten, Hardcover
ISBN 3-86124-233-8, Bestell-Nr. 9233

Henning Mankell

Hunde von Riga

In seinem neuesten Buch läßt Mankell den
Stockholmer Kommissar Wallander zur
Aufklärung eines Doppelmordes nach Riga rufen.
Dort entwickelt sich eine tolle Verfolgungsjagd . . .

288 Seiten, Hardcover
ISBN 3-86124-159-5, Bestell-Nr. 9159

Gilles Perrault

Doppelmord in der
Avenue Victor Hugo

Der bekannte französische Autor erzählt in diesem
Buch die Geschichte eines Doppelmörders. Die
Masken fallen, die Welt der Konvention gerät aus
den Fugen.

144 Seiten, Hardcover
ISBN 3-86124-234-6, Bestell-Nr. 9234

 edition q Verlags GmbH

edition q – Buchtips

Allan Winnington

Herzversagen

Ein ebenso ungewöhnlicher wie spannender Krimi aus dem sensiblen Bereich der Herztransplantation.

214 Seiten, Softcover
ISBN 3-928024-67-1, Bestell-Nr. 9105

Rudolf Hirsch

Vom Mädchen, das nur schlafen wollte

Ein Band mit Gerichtsreportagen, die der Autor in der ehemaligen DDR für die weitverbreitete „Wochenpost" geschrieben hat: Einblick in die Realität eines untergegangenen Systems.

392 Seiten, Softcover
ISBN 3-928024-30-2, Bestell-Nr. 9031

Rudolf Hirsch

Portwein und Kornettklang

In der zweiten Folge ausgewählter Gerichtsreportagen setzt der Autor seine spannende Analyse von Verbrechen und kleinen Straftaten fort.

368 Seiten, Softcover
ISBN 3-928024-29-9, Bestell-Nr. 9057

edition q Verlags GmbH